I

FACTUM,

POUR LES MAIRE, SOUSMAIRE, ET JURATS de la Ville de Bourdeaux.

CONTRE LE FERMIER DU DOMAINE de Sa Majesté en la Province de Guyenne.

DANS ce procés le Fermier demande premierement, que la Justice de quatre Terres seigneuriales que lesdits Maire, Sousmaire & Jurats possedent dans la Banlieuë de Bordeaux, soit réünie au Domaine de Sa Majesté; sçavoir la Justice de la Comté d'Ornon, de la Baronie de Veirines, de la Prevôté d'Eisines & de la petite Prevôté d'entre deux Mers : Il demande encore que le titre de Comté soit supprimé à la Terre d'Ornon, celuy de Baronie à la Seigneurie de Veirines, que les Maire, Sousmaire & Jurats ayent à justifier des limites & de l'étenduë desd. deux Terres; & enfin qu'ils soient condamnez de payer des lots de vingt ans en vingt ans, ou des demi-lots de dix en dix ans pour lesdites deux Seigneuries.

Dans le second chef du procés le Fermier demande, que la Directe generale, tant dans lesd. quatre Terres d'Ornon, de Veirines, d'Eisines & de la petite Prevôté d'entre deux Mers, & dans le reste de la Banlieuë non compris dans icelles, que dans la Ville de Bordeaux, soit declarée appartenir à Sa Majesté, sauf des Directes particulieres que les Maire, Sousmaire & Jurats & autres justifieront leur appartenir.

Dans le troisiéme chef du procés il soûtient, que les Padoüens de ladite Ville & de la Banlieuë, c'est à dire, les Terres vaines & vagues, les Vacants, les Places vuides & notamment la Pâlu de Bordeaux, sont du Domaine de Sa Majesté, & que les Particuliers qui les possedent doivent être taxez pour être confirmez dans leur possession, & condamnez de passer leur declaration au Papier Terrier de Sa Majesté.

Dans le quatriéme, que les Places des anciens & nouveaux Murs, Fossez, Remparts, Fortifications & Quais de ladite Ville doivent être reünis au Domaine, & que les Particuliers qui possedent des Maisons & Echopes surlesd. Places doivent aussi être taxez pour être confirmez dans leur possession, & condamnez de passer leur declaration au Papier Terrier de Sa Majesté.

Dans le cinquiéme, il demande la reünion au Domaine des droits que lesdits Maire, Sousmaire & Jurats perçoivent dans le Marché de Bordeaux, ou d'être reçu à leur rembourser la somme de 45000. liv. avec les deux sols pour livre qu'ils ont payé au Tresor Royal, tant pour être confirmez dans lesdits droits qu'ils perçoivent au Marché, que pour la suppression des Offices de Mesureurs de grains qui avoient été créez pour ladite Ville, & de-

- A -

1.807

mande qu'il luy foit permis de difpofer defdits Offices de Mefureurs de grains, ou de les faire exercer par qui il trouvera à propos.

Dans le fixiéme il prétend, que le droit de Marque que la Ville leve fur le Vin qui fe porte au Faubourg des Chartreux, venant du dehors de la Se-nechauffée, doit être auffi reüni au Domaine de Sa Majefté; & enfin il conclud à la reftitution des fruits de tous les droits cy-deffus exprimez depuis quarante ans avant l'introduction de l'Inftance. De forte que fi le Fermier du Domaine gagnoit fon procés, la Ville de Bordeaux fe trouveroit fans domaine & fans revenus, hors d'état de fupporter les charges pour le fervice de Sa Majefté & du Public, & une infinité de Particuliers feroient ruinez par les taxes qui feroient faites fur eux & par les arrerages des cens, rentes, lots & ventes, & autres droits que le Fermier leur demanderoit, & encore par les garanties & regaranties qu'ils feroient obligez d'exercer les uns contre les autres, il n'y auroit pas même affez d'argent dans toute la Province pour fatisfaire le Fermier.

En parcourant ces fix chefs, on touchera les appellations qui peuvent regarder chaque chef en particulier, & qui ont été interjettées par le Fermier du Domaine & par lefdits Maire, Soufmaire & Jurats, de quelques Ordonnances de Meffieurs les Intendans de la Province de Guyenne, de leurs Subdeleguez & du Bureau des Treforiers de France de ladite Province. On traitera auffi dans fon lieu l'oppofition formée par le Fermier envers un Arreft du Confeil d'Etat du 24. Janvier 1690. mais quelque grande & importante que foit cette caufe, les Maire, Soufmaire & Jurats efperent qu'il ne leur fera pas difficile de faire voir l'injuftice du Fermier du Domaine dans tous les differens chefs du procés; & leur plus grande peine fera de reduire le nombre infini d'objections qu'il a fait, qui ne fervent qu'à embarraffer la caufe, & la rendre longue & ennuyeufe.

Premier Chef du procés concernant la Juftice des Seigneuries de la Ville de Bordeaux. Commençant par la premiere queftion du premier chef du procés où il s'agit de la Juftice de la Comté d'Ornon, de la Baronie de Veirines, de la Prevôté d'Eifines & de la petite Prevôté d'entre deux Mers, les Maire, Soufmaire & Jurats foûtiennent que c'eft fans aucun fondement que le Fermier du Domaine demande la reünion de la Juftice defdites Terres, prefuppofant que les Predeceffeurs defdits Maire & Jurats l'ont ufurpée au préjudice de Sa Majefté, d'autant qu'il n'a point juftifié de ladite prétenduë ufurpation; au contraire les titres que lefdits Maire, Soufmaire & Jurats ont produit, prouvent d'une maniere inconteftable que ladite Juftice leur appartient.

Ils ont pour cela rapporté les Lettres du Roy Philippe le Bel du mois de Decembre 1295. dans lefquelles il eft dit que les Maire & Jurats ont eu d'ancienneté la Juftice dans l'étenduë de la Banlieuë, dont les limites font amplement décrites dans lefdites Lettres : Ce Prince declare qu'il a été informé du droit defdits Maire & Jurats par les Lettres Patentes de fon Senechal de Gafcogne, qu'il les confirme dans l'ufage de ladite Juftice dans l'étenduë de ladite Banlieuë.

Les Lettres d'Edoüard Roy d'Angleterre, Duc de Guyenne, du premier

Juillet l'an feiziéme de fon Regne, qui reviennent à l'année 1343. font con-
çuës à peu prés dans les mefmes termes : Elles portent qu'Edouard avoit
été informé par l'enquefte faite par fon Senechal de Gafcogne, que ladite
Banlieuë avec la Juftice avoit d'ancienneté appartenu aufdits Maire & Jurats & Communauté de la Ville de Bordeaux, & qu'elle devoit leur appartenir, qu'ils avoient été troublez dans la poffeffion de ladite Juftice par les
Officiers du Roy, & par les particuliers aufquels lad. Juftice avoit été concedée : Ce Prince ordonne par lefdites Lettres la reftitution de ladite Banlieuë & de la Juftice d'icelle en faveur defdits Maire & Jurats.

Lefdites Lettres n'ayant pas eu leur effet, Henry IV. Roy d'Angleterre,
Duc de Guyenne, en ordonna l'execution par fes Lettres du 10. Fevrier l'an
fecond de fon Regne, c'eft à dire l'an 1401. & ordonna que la Banlieuë avec
la Juftice fuft reftituée aufdits Maire & Jurats, comme leur appartenant
d'ancienneté, & leur devant appartenir.

On ne peut pas douter que dans les termes efquels lefdites Lettres du
Roy Philippe le Bel, d'Edouard & de Henry font conçues, la Juftice n'appartienne aufdits Maire & Jurats dans toute l'étenduë de ladite Banlieuë,
& par confequent dans ladite Comté d'Ornon, la Baronie de Veirines, la
Prevôté d'Eifines, & la petite Prevôté d'entre deux Mers, puifque toutes
lefdites Seigneuries font fituées dans ladite Banlieuë.

Non feulement ladite Juftice leur appartient, comme eftant de l'ancien
Patrimoine de ladite Ville, & l'ayant poffedée *jure hæreditario*, comme il
eft dit dans les Lettres d'Edouard; mais encore parce que pour faire ceffer
le trouble qui leur étoit fait, ils ont efté obligez d'acquerir la Juftice defd.
Seigneuries des Particuliers, aufquels elle avoit efté donnée par les Ducs
de Guyenne au préjudice de ladite Ville.

Car quoyque le Roy Philippe le Bel euft confirmé par fefdites Lettres du
mois de Decembre 1295. lefdits Maire & Jurats dans la Juftice de toute l'é-
tenduë de ladite Banlieuë, & par exprés dans la Juftice de la Prevôté de Bar
& de Camparrian fituées dans ladite Banlieuë, qui avoient efté creées à leur
préjudice; qu'Edouard euft ordonné par fes Lettres de l'an 1442. que l'en-
tiere Banlieuë avec la Juftice d'icelle leur fuft renduë, nonobftant les dons
que fes Predeceffeurs avoient fait de la Juftice d'une plus grande partie de
ladite Banlieuë à des Particuliers, & que Henry euft auffi ordonné en execution des Lettres d'Edouard fon ayeul la reftitution de lad. Banlieuë avec
la Juftice d'icelle, neanmoins il ne fut pas poffible aufdits Maire & Jurats
de rentrer dans la poffeffion de la Juftice defdites Seigneuries creées dans
ladite Banlieuë qu'en achetant & traitant avec les Particuliers, aufquels les
Ducs de Guyenne les avoient données.

Ils compoferent par Contract du dernier Fevrier 1354. pour la petite Prevôté d'entre deux Mers, avec Bertrand de Monferran qui étoit aux droits
de Thomas de Bradefton, auquel ledit Edouard l'avoit donnée; ils acquirent la Comté d'Ornon de l'Archevêque d'Iork par Contract du 7. Septem-
bre 1407. avec cettte circonftance qu'il la leur vendit comme une Terre
feigneuriale avec toute Juftice haute, moyenne & baffe. Ils acquirent

auſſi par Contract du 2~. Octobre 1526. la Baronie de Veirines comme une Terre ſeigneuriale en toute Juſtice haute, moyenne & baſſe.

Les Maire, Soûmaire & Jurats ne raportent point de contrat ni de traité fait avec aucun Seigneur particulier pour la Prevôté d'Eiſines, qui eſt une deſd. quatre Terres ſituées dans la Banlieuë, ſoit parce que peut-être il n'y en a jamais eu, les Seigneurs auſquels elle avoit été donnée l'ayant volontairement reſtituée en conſequence des Lettres du Roy Philippe le Bel de l'an 1295. ou de celles d'Edouard de l'an 1342. ou de celles de Henry de l'an 1401. peut-être que le contrat, s'il y en a eu, fut perdu par l'enlevement que firent les Anglois de la plûpart des titres de la Ville de Bordeaux lors qu'ils furent chaſſez de la Guyéne, ou bien encore par la perte que fit lad. Ville en l'année 1548. du peu de titres qui avoient échapé de la main des Anglois, peut-être encore que la Prevôté de Bar ſituée dans la Banlieuë dont il eſt parlé dans les Lettres du Roy Philippe le Bel, & qui n'eſt plus connuë ſous ce nom, eſt lad. Prevôté d'Eiſines ; comme la Prevôté de Camparrian, dont il eſt fait mention dans leſd. Lettres eſt à preſent confonduë dans la Comté d'Ornon.

Mais quoy qu'il en ſoit, leſd. Maire & Jurats ont depuis pluſieurs ſiecles joüi de ladite Prevôté d'Eiſines, de même que de la petite Prevôté d'entre deux Mers, de la Comté d'Ornon, & de la Baronie de Veirines, en toute Juſtice haute, moyenne & baſſe, comme d'une Terre ſeigneuriale; ils y ont établi des Juges, des Procureurs d'Offices & autres Officiers pour y rendre la Juſtice, ils ont affermé les Greffes, joüi des amendes, du droit de Padoüentage, du droit des Eſpaves & des autres droits Seigneuriaux : Tous ces faits pour le temps qui a precedé l'année 1550. ſont juſtifiez par les Statuts de la Ville de Bordeaux, produits au procés dans le titre des Prevôts & Prevôtez d'Eiſines, & dans les titres ſuivans, leſquels Statuts on a fait voir au procés être en vigueur dans les temps que la Ville de Bordeaux & la Province de Guyenne étoient ſous la domination des Anglois.

Et pour ce qui eſt du temps qui s'eſt écoulé depuis l'année 1550. leſdits Maire & Jurats ont pleinement juſtifié de leur poſſeſſion par leur production nouvelle; la preuve eſt ſi concluante, que le Fermier du Domaine ne la conteſte pas.

Or dés-là que leſd. Maire & Jurats ont joüi de tout temps & de memoire perduë de lad. Prevôté d'Eiſines, comme d'une Terre en Juſtice auſſi bien que de lad. Prevôté d'entre deux Mers, de la Comté d'Ornon & de la Baronie de Veirines, on ne peut pas douter que lad. Prevôté d'Eiſines ne ſoit une veritable Juſtice ſeigneuriale, de même que les trois autres Terres, une poſſeſſion auſſi ancienne toute ſeule pouvant ſervir de titre, ſuivant la doctrine de Baquet, dans ſon traité des droits de Juſtice, chap. 5. & de Loiſeau dans ſon traité des Seigneuries, chap. 4. n. 64. conformément à la Loy, *Hoc jure §. ductus aqua ff. de aqua quotidiana & æſtiva.*

Les Maire, Soûmaire & Jurats peuvent d'autant moins être inquietez dans la poſſeſſion de lad. Prevôté d'Eiſines & des autres Seigneuries qu'ils poſſedoient avant l'année 1451. que par le Traité de la reduction de la Ville de Bordeaux de ladite année 1451. ſous la domination de la France, tous les

Habitans

Habitans de ladite Ville & de la Duché de Guyenne, furent par un article exprés confirmez & maintenus dans la possession de toutes les Seigneuries dont ils jouïssoient sous le regne des Anglois, & que par l'instruction pour les Commissaires députez par Sa Majesté, pour la confection de son Papier terrier en la Generalité de Bordeaux, les Seigneurs particuliers qui sont fondez en titre ou en possession suffisante, doivent être maintenus lorsque Sa Majesté n'a ni titre ni possession.

Ces raisons ont paru si solides à feu Monsieur de Besons Conseiller d'Etat, Intendant dans la Province de Guyenne, dont les lumieres & le zéle pour le service de Sa Majesté font connus, que dans l'avis qu'il envoya au Conseil en execution de l'Arrest du Conseil d'Etat du 6. Avril 1688. qui lui avoit renvoyé la connoissance de la cause, il a condamné la prétention du Fermier, & a été d'avis que lesdits Maire & Jurats doivent être maintenus dans le droit & possession desdites quatre Terres en toute justice. Le Sieur Controlleur General du Domaine dans sa Requête du 9. Decembre 1694. a été de même sentiment, & ne s'est point retracté dans sa Requête du 13. Decembre 1701. Maître Nicolas Charpantier l'un des Fermiers du Domaine, a pris condamnation dans les conferences devant Monsieur de Fieubet Maître des Requêtes, Rapporteur du procés pour la Comté d'Ornon, & pour la Baronie de Veirines; mais à l'égard de la Prevôté d'Eisines & de la petite Prévôté d'entre deux Mers, il a soûtenu que ce ne sont point deux Terres en Justice, & que les Maire & Jurats n'y peuvent exercer personnellement que la Justice concernant la Police & le crime, de même que dans la Ville & Faubourgs, & le restant de la Banlieuë; voici les raisons sur lesquelles il se fonde.

PREMIERE OBJECTION.

Les Lettres du Roy Philippe le Bel de l'an 1295. celles d'Edoüard de 1342. & celles de Henri du mois de Février 1401. sur lesquelles lesdits Maire & Jurats fondent leur pretenduë Justice seigneuriale dans lesdites deux Prevôtez d'Eisines & d'entre deux Mers ne leur accordent qu'un exercice personnel de Justice dans la Banlieuë, & non pas une Justice seigneuriale; pour preuve de cette verité, c'est que dans les Lettres il n'y a point de retention de foy & hommage, ni d'aucune redevance seigneuriale, aussi lesdits Maire & Iurats n'ont jamais rendu hommage pour la Banlieuë ni pour la Prevôté d'Eisines, ni pour la petite Prevôté d'entre deux Mers.

REPONSE.

Il ne faut que lire les Lettres du Roy Philippe le Bel, celles d'Edoüard & de Henri Rois d'Angleterre & Ducs de Guienne, pour être convaincu que la Justice desdits Maire & Jurats dans la Banlieuë de Bordeaux, est une veritable Justice seigneuriale, & non pas un simple exercice de Justice accordée à la personne des Maire & Jurats. Les Lettres du Roy Philippe le Bel sont conceuës en ces termes : *Cum major Iurati & communia Burdigalensis, intra terminos Balleuca Iustitiam altam & bassam habeant, habuerint & habere consueverint ab antiquo, &c.* Celles d'Edoüard ; *compertum est per informationem factam à Senescallo nostro Vasconia quod Balleuca pertinuit ab antiquo & adhuc pertinere debet ad*

B

dictam civitatem cum alto & baffa Iufticiatu , & celles de Henri , *majori Iuratis & communiæ Burdigalæ Balleucam civitatis cum alta & baffa Iuftitia ac mero & mixto imperio intra terminos Balleuca ab antiquo pertinentem & pertinere debentem* , *&c.* Ces termes , *habere & pertinere* , dont fe fervent lefdites Lettres , qui font des termes de proprieté , font vifiblement connoître que ce n'eft pas un fimple droit d'adminiftrer la Juftice qui eft accordée aufdits Maire & Jurats ; mais que la Juftice qu'ils avoient dans la Banlieuë eft une veritable Juftice feigneuriale qui leur eft patrimoniale , & comme il eft dit dans les Lettres d'Eoüard , laquelle ils poffedoient *jure hæreditario.*

Cela peut d'autant moins fouffrir de difficulté que lefd. Lettres d'Edoüard & de Henri , portent expreffement que la Banlieuë qui eft le corps de Seigneurie , appartient aufdits Maire & Jurats , avec la Juftice d'icelle , & ordonnent que ladite Banlieuë avec la Juftice haute & baffe leur foit reftituée.

Lorfque nos Rois ont établi quelque Cour de Juftice Royale, ou ont accordé des Provifions à leurs Officiers , on n'a point dit dans les Lettres que la Juftice haute , moyenne & baffe , & le teritoire où elle doit être renduë , feront & appartiendront aux Cours de Juftice ou aux Officiers qui font créez; ces termes ne font employez qu'en l'érection ou dans la vente & l'alienation d'une Juftice feigneuriale , parce que pour lors le Corps de Seigneurie & la Juftice appartiennent effectivement au Seigneur qui les acquiert & à fes fucceffeurs , & elles leur deviennent hereditaires & patrimoniales , au lieu que les Cours de Juftice & les Officiers d'icelles n'ont que l'adminiftration de la Juftice, & la proprieté d'icelle demeure à Sa Majefté.

Et quoique dans lefdites Lettres du Roy Philippe le Bel , dans celles d'Edoüard & de Henri il n'y ait pas de retention de foi & hommage, neanmoins la Juftice qui eft declarée appartenir aux Maire & Jurats dans la Banlieuë , ne laiffe pas d'être feigneuriale. Premierement, parce que ces Princes ne donnent point par lefdites Lettres la Juftice aufdits Maire & Jurats , & ne font fimplement que declarer qu'elle leur a appartenu de toute antiquité , qu'elle leur appartient , qu'elle leur doit appartenir , & ainfi ces Lettres n'étant pas une infeodation de la Banlieuë & de la Juftice d'icelle , il n'étoit pas neceffaire qu'il y eût de retention de foi. En fecond lieu, parce qu'il y a en France des Juftices qui font tenuës en Franc-alû , cela eft trivial dans diverfes Coûtumes du Royaume , & notament dans celle de Paris art. 68. où il eft dit que *le Franc en alû Noble eft celui auquel il y a Juftice ou Fief mouvant de lui* , auffi dans l'aveu de 1273. fourni par les Maire & Jurats à Edoüard Roy d'Angleterre, Duc de Guienne , ils declarerent que la majeure partie de leurs Maifons & de leurs Terres étoit en Franc - alû.

Le Fermier du Domaine ne peut point alleguer que le Franc-alû n'a pas lieu dans Bordeaux, d'autant que les Habitans de ladite Ville y ont été expreffement maintenus par deux divers Arrefts du Confeil d'Etat du dernier Mars 1674. & 4. Aouft 1693. il eft vrai que par l'Arreft du Confeil d'Etat donné pour fervir de Reglement pour la confection du Papier Terrier de Sa Majefté dans la Generalité de Bordeaux du 18. Decembre 1670. & encore dans l'Inftruction faite pour les Commiffaires Generaux députez pour la conſection dudit Papier Terrier du 8. Janvier 1678. leſdits Habitans ſont obligez de donner leur declaration deſdits Franc-alû Nobles ou Roturiers, mais cela même fait voir que le Franc-alû noble a lieu dans Bordeaux, & leſd. Maire & Jurats ont ſatisfait audit Arreſt, ayant declaré dans le dénombrement du dernier Decembre 1676. fourni au Bureau des Treſoriers de France, qu'ils poſſedent en Franc-alû la Prevôté d'Eiſines & la petite Prevôté d'entre deux Mers; Que ſi nonobſtant leſdits Arreſts le Fermier du Domaine prétend que leſdits Maire & Jurats ne puiſſent tenir en Franc-alû leſd. Prevôtez, tout ce qu'il pourroit demander ſeroit qu'ils euſſent à en rendre hommage; mais il ne pourroit pas prétendre qu'ils euſſent perdu leur Juſtice pour n'avoir pas rendu d'hommage, parce que la negligence de rendre hommage ne prive ni le Vaſſal ni le Seigneur de leurs droits, attendu que le Seigneur & le Vaſſal ne preſcrivent jamais l'un contre l'autre, & la demeure de rendre hommage n'opere d'autre effet ſinon que le Vaſſal eſt expoſé à la ſaiſie feodale & à la perte des fruits pendant la ſaiſie.

C'eſt envain que le Fermier oppoſe que dans la Prevôté d'Eiſines & la petite Prevôté d'entre deux Mers, il n'y a point de Château ni de chef lieu pour inferer de là que ce ne ſont point des Terres ſeigneuriales; car outre que ce fait n'eſt point éclairci ni certain, c'eſt une choſe de ſoi fort indifferente n'étant point de l'eſſence des Juſtices ſeigneuriales, qu'il y ait un Château & un chef lieu: Il n'y a ni Loi, ni Ordonnance, ni Edit, ni Declaration, ni Arreſt qui l'ordonne, il eſt vrai qu'il y a peu de Seigneuries où il n'y ait quelque Château ou quelque vieux reſte de Château, mais cela n'eſt point de l'eſſence des Seigneuries. En effet dans les alienations de la Juſtice des Paroiſſes dépendantes des Terres de Sa Majeſté qui ſe font au Louvre dans l'appartement des Tuilleries, il n'eſt point neceſſaire pour la validité de l'alienation qu'il y ait dans les Paroiſſes qui ſont alienées un Château ou Manoir principal, & on ne charge pas non plus les acquereurs ou leurs heritiers d'y en bâtir, & quand on n'y bâtiroit jamais de Château, ni de Chef lieu, la Juſtice n'en ſeroit pas moins Seigneuriale, d'ailleurs l'Hôtel de Ville de Bordeaux qui eſt un ancien Château avec Tours & Giroüetes eſt proprement le chef lieu deſdites deux Prevôtez.

Et l'on peut d'autant moins douter que ladite Prevôté d'Eiſines & petite Prevôté d'entre deux Mers ſont des veritables Terres ſeigneuriales, que leſdits Maire & Jurats ſont en poſſeſſion de toute ancieneté, & depuis pluſieurs ſiecles, comme il a été dit, d'y faire adminiſtrer la Juſtice, de même que dans la Comté d'Ornon & Baronie de Veirines par des Juges ordinaires, des Procureurs d'Office & autres Officiers qu'ils y ont établi, ils ont de tout temps affermé les Greffes, joüi des amendes, du droit de Padoüentages, d'Eſpaves & autres droits Seigneuriaux dans leſdites Terres, ce qui prouve indubitablement qu'elles ſont de veritables Juſtices ſeigneuriales, l'uſage & la poſſeſſion étant le veritable interprete des titres & du droit des Parties.

SECONDE OBJECTION.

Leſdits Maire & Iurats ne font pas voir que ladite Prevôté d'Eiſines & la petite Prevôté d'entre deux Mers ayent été erigées en Terres en Iuſtice; ils ne juſti-

fient pas non plus qu'ils les ayent acquifes en qualité de Terres en Juftice , le contrat du dernier Fevrier 1354. qu'ils ont paffé avec Bertrand de Monferran pour la petite Prevôté d'entre deux Mers ne leur acquiert que le droit d'y exercer perfonnellement la Juftice, & ledit Seigneur de Monferran, de même que Thomas de Bradefton, aux droits duquel il avoit eté fubrogé, n'ayant eu la conceffion de ladite Prevôté du Roy d'Angleterre que pour leur vie feulement fuivant lefdites Lettres d'Edoüard de 1324. le titre de Seigneurie a été éteint par leur mort, & n'a pas paffé dans la perfonne defdits Maire & Jurats.

Et à l'égard de la Prevôté d'Eifines il eft juftifié par un jugement du premier Avril 1357. rendu contre les Maire & Jurats qu'elle étoit de la Juftice du Duc de Guyenne , étant remarquable que par ledit Jugement les Habitans d'Eifines , Bruges , Saint Seurin & Saint Medard font déchargez de la Taille que lefdits Maire & Jurats leur vouloient impofer avec cette circonftance que dans ledit Jugement lefdits Habitans font declarez hommes liges du Roy & du Duc , ce qui eft une preuve convaincante qu'ils n'étoient pas de la Seigneurie & de la Juftice defdits Maire & Jurats , cela eft d'autant plus certain que les Tailles dont il eft parlé dans ledit Jugement étoient un droit Seigneurial.

REPONSE.

Ce que le Fermier du Domaine allegue que les Maire & Jurats ne rapportent pas l'infeodation defdites Prevôtez d'Eifines & d'entre deux Mers ne merite aucune atention. Premierement, parce que fi tous les Vaffaux de Sa Majefté étoient obligez de rapporter les titres de l'erection de leurs Terres , il y auroit peu de Seigneurs qui poffedent d'anciennes Terres concedées par nos premiers Rois qui le puiffent faire à caufe de la perte des titres qui arrive par fucceffion de temps , fur tout dans la Ville de Bordeaux, où les Anglois enleverent la plûpart des titres lors qu'ils en furent chaffez par le Roy Charles VII. & que ce qui avoit refté fut enfuite prefque tout brûlé & diffipé en l'année 1548. comme l'hiftoire des malheurs de cette Ville nous l'apprend; mais il fuffit qu'on rapporte la preuve d'une poffeffion immemoriale pour être maintenu , une poffeffion de cette qualité faifant prefumer le titre, comme il a été dit ci-deffus, fol. 4.

En fecond lieu la Juftice haute, moyenne & baffe appartenant aufdits Maire & Jurats dans toute l'étenduë de la Banlieuë , comme l'on vient de faire voir fuivant les Lettres du Roy Philippe le Bel , d'Edoüard & de Henri Rois d'Angleterre , Ducs de Guyenne ; il s'enfuit qu'ils l'ont dans lefdites deux Prevôtez , puis qu'elles font toutes deux dans ladite Banlieuë.

En troifiéme lieu il paroît par la lecture defdites Lettres que dans le temps que les Rois d'Angleterre poffedoient la Guyenne, ils avoient erigé diverfes Seigneuries dans la Banlieuë au préjudice defdits Maire & Jurats; les Lettres d'Edoüard de l'an 1342. portent expreffement que ce Prince avoit donné la petite Prevôté d'entre deux Mers à Thomas de Bradefton , & enfuite à Bertrand de Monferran , il eft vrai qu'il ne leur avoit accordé que pour leur vie feulement , mais il eft toûjours vrai de dire que dans leur main c'étoit une veritable Terre en Juftice.

Or

Or dés-là que par le contrat du dernier Fevrier 1354. les Maire & Jurats ont acquis les droits defdits Seigneurs de Bradeſton & de Monferran , il eſt certain qu'ils ont acquis ladite Prevôté d'entre deux Mers , comme une Terre en Juſtice, puiſque leſdits Seigneurs la poſſedoient en cette qualité, & quoique la conceſſion de ladite Prevôté ne leur eût été faite que pour leur vie ſeulement , neanmoins dans la main deſd. Maire & Jurats l'erection de ladite Terre ne devoit pas finir par la mort deſdits Seigneurs , parce que dans leſd. Lettres d'Edoüard de 1342. qui permettent auſdits Maire & Jurats d'acquerir le droit deſdits de Bradeſton & de Monferran , il eſt dit qu'en acquerant leur droit , ladite Prevôté d'entre deux Mers demeureroit acquiſe à la Ville de Bordeaux, *pleno jure & in perpetuum* en toute Juſtice haute & baſſe , ſans autre reſervation pour le Duc que le cas de Reſſort.

A l'égard de la Sentence du premier Avril 1357. elle n'a aucun rapport avec la queſtion du droit de Juſtice, il ne s'agiſſoit pas pour lors des droits ſeigneuriaux, mais ſeulement de ſçavoir ſi les Maire & Jurats pouvoient obliger les Habitans de Bruges , Eiſines, Saint Seurin & Saint Medard qui ſont tous dans la Banlieuë, de contribuer au *payement des Tailles & autres ſubventions* qui étoient impoſées ſur la Ville de Bordeaux, il fut jugé en faveur deſdits Habitans qu'ils n'étoient pas tenus de contribuer , & qu'ils payeroient ſeulement celles qui leur étoient impoſées par le Prince, ce qui n'a rien de commun avec le droit de Juſtice , ſur tout ſi on conſidere qu'il n'y a aucun article dans la Coûtume de Bordeaux qui donne droit aux Seigneurs d'impoſer la Taille en aucuns cas ſur leurs juſticiables.

Le terme d'homme lige du Roy ou du Duc, dont il eſt parlé dans le titre eſt fort indifferent à la queſtion du droit de Juſtice , puiſque comme dit eſt la conteſtation qui étoit entre leſdits Maire & Jurats & leſdits Habitans , ne rouloit pas ſur le droit de Juſtice, ni ſur aucun autre droit ſeigneurial.

Mais quand ladite Sentence de 1357. juſtifieroit que pour lors le Duc de Guyenne étoit en poſſeſſion de la Juſtice, de ladite Prevôté d'Eiſines ; ledit Fermier n'en pourroit tirer aucun avantage , parce ç'auroit été une uſurpation faite au préjudice deſdits Maire & Jurats , comme il eſt juſtifié par leſd. Lettres du Roy Philippe le Bel de l'an 1295. & celles d'Edoüard Roy d'Angleterre , Duc de Guyenne de l'an 1342. qui declarent que la Juſtice haute, moyenne & baſſe appartient auſdits Maire & Jurats dans toute l'étenduë de ladite Banlieuë , laquelle uſurpation de la part des Officiers du Roy d'Angleterre continuoit encore lors dud. Jugement de 1357. comme font foi les Lettres de Henri Roy d'Angleterre , Duc de Guyenne de l'an 1401. qui portent une enjonction trés-expreſſe aux Officiers du Roy d'Angleterre , de remettre leſdits Maire & Jurats dans la poſſeſſion de la Banlieuë & Juſtice d'icelle.

Et ledit Fermier peut d'autant moins conteſter la Juſtice deſdites Prevôtez d'Eiſines & d'entre deux Mers , que comme il a été dit, leſdits Maire & Jurats en ont jouï de tout temps & ancienneté , & en jouïſſent actuellement comme de deux Terres en Juſtice, dans laquelle poſſeſſion ils ont été maintenus par le traité de la reduction de la Ville de Bordeaux de l'an 1451. ainſi qu'il a été dit.

C

TROISIÉME OBJECTION.

Premier Chef concernant la Juſtice des Seigneuries de la Ville de Bordeaux.

Le Domaine de la Couronne eſt impreſcritible & inalienable ſuivant les Ordonnances Royaux , & notament par l'Edit du mois d'Avril 1667. fait pour la réunion à la Couronne de tous les Domaines alienez , ce qui fait que quelque long-temps que leſdits Maire & Iurats ayent poſſedé la Prevôté d'Eiſines & la petite Prevôté d'entre deux Mers , leur poſſeſſion eſt inutile.

Et pour ce qui eſt du traité de la reduction de la Ville de Bordeaux de l'année 1451. il fut fait ſans connoiſſance de cauſe ; on n'entra point dans l'examen, ſi ladite Prevôté d'Eiſines & la petite Prevôté d'entre deux Mers , & tous les autres droits que leſdits Maire & Iurats prétendent avoir été confirmez par ledit traité appartenoient au Roy ou la Ville de Bordeaux , & comme le Domaine du Roy eſt inalienable , tout ce qui peut avoir été fait dans ledit traité à ſon préjudice tombe dans le cas des Edits qui revoquent les alienations du Domaine.

REPONSE.

C'eſt inutilement que le Fermier allegue que le Domaine de la Couronne eſt impreſcriptible & inalienable, dautant que les Maire & Jurats n'ont rien preſcrit ni uſurpé dudit Domaine , & que la Prevôté d'Eiſines , ni la petite Prevôté d'entre deux Mers n'en ont jamais été. Pendant que la Guyenne a été ſous la domination des anciens Ducs, & enſuite ſous celle des Anglois, nos Rois n'avoient point de Domaine en Guyenne, la Duché étoit un Fief mouvant de la Couronne , & les Ducs en étoient les veritables Seigneurs , de même qu'à preſent nos Ducs, nos Comtes, nos Marquis, &c. ſont les veritables Seigneurs de leurs Terres , parce que par nos mœurs de France depuis le Roy Hugues Capet les Fiefs ſont devenus propres, hereditaires & patrimoniaux aux Seigneurs qui les poſſedent, & ainſi la poſſeſſion que leſd. Maire & Jurats ont eu deſd. deux Prevôtez pendant que la Guyenne étoit ſous la domination de ſes Ducs, ne peut pas être regardée comme une uſurpation , ni une preſcription du Domaine de Sa Majeſté.

Depuis que la Guyenne a été réünie à la Couronne par le Roy Charles VII. qui en chaſſa les Anglois en l'année 1451. nos Rois devenans Ducs de Guyenne ont eu à la verité les Domaines qui appartenoient aux Ducs , mais on ne peut pas dire que leſdites deux Prevôtez d'Eiſines & d'entre deux Mers ſoient devenuës du Domaine de la Couronne , puis qu'elles n'étoient pas du Domaine des Ducs, & qu'elles étoient poſſedées par leſdits Maire & Jurats , comme dés veritables Terres en Juſtice ; & leur poſſeſſion peut d'autant moins être regardée comme une uſurpation, que le Roy Philippe le Bel & enſuite les Rois d'Angleterre l'ont declarée juſte , & ont ordonné par leurſdites Lettres de 1291. 1342. & 1401. qu'ils ſeroient rétablis dans la poſſeſſion deſdites Terres dont ils avoient été dépoſſedez.

Il eſt ſurprenant que le Fermier allegue que le traité de 1451. fait avec le Roy Charles VII. a été fait ſans connoiſſance de cauſe, & que les droits du Roy ne furent ni connus ni examinez , la lecture dudit traité faiſant foi que ledit traité a été fait avec toute la circonſpection poſſible, & qu'il ne fut conclu qu'aprés que toutes chofes eurent été debatuës & examinées pendant un tres-long-temps à diverfes reprifes & à diverfes fceances.

Moins encore peut-on dire que les articles dudit traité qui peuvent être préjudiciables au Domaine font fujets à revocation, d'autant que ce qui eft convenu par les capitulations, & par les traitez faits par les Villes & par les Provinces, lorfqu'elles fortent d'une domination étrangere pour fe foumet-tre à la France, ne peut être ni enfraint ni revoqué. Ces traitez ne font pas de la nature des dons & des alienations que les Princes peuvent faire de leur Domaine, ce font des veritables contrats qui obligent & qui engagent ref-pectivement les parties contractantes, & qui font de leur nature irrevoca-bles, de même que les contrats paffez entre Particuliers; ils ont même cet avantage par deffus les contrats faits entre Particuliers qu'ils font fondez fur le droit des Gens & fur la Religion du ferment, par lequel les Princes s'obli-gent de les entretenir, *Privilegia quæ in vim contractûs tranfiere vel tunc conceffa fubditis cum fefe dominio fubjecerunt non poffunt in irritum revocari*, dit le Chopin dans fon traité *de domanio lib. 1. tit. 6. in fin.* Monfieur le Bret dans fon traité de la Souveraineté du Roy liv. 4. ch. 8. & Loifeau dans fon traité des Seigneuries ch. 16. difent à peu prés la même chofe.

Le Fermier du Domaine peut d'autant moins prétendre que ledit traité de 1451. foit fujet à revocation, que par iceluy le Roy Charles VII. n'aliena rien, & acquit au contraire une des belles Provinces du Royaume; & il ne donna rien non plus aufdits Maire & Jurats, & ne fit que les confirmer & maintenir, dans la poffeffion des Domaines dont ils jouïffoient fous les Anglois.

QUATRIE'ME OBJECTION.

Quand les Maire & Jurats auroient pû prétendre la Juftice haute, moyenne & baffe dans ladite Prevôté d'Eifines & la petite Prevôté d'entre deux Mers, ils l'auroient perduë de même que dans le refte de la Banlieuë par la Sentence de confifcation du Con-nétable de Montmoranci de l'année 1548. par laquelle tous les droits, revenus & do-maines de la Ville de Bordeaux furent confifquez, & ils ne la recouvrerent point par les Lettres du Roy Henry II. du mois d'Aouft 1550. parce que par icelles ils ne furent rétablis que dans Juftice concernant la Police, la criminelle leur fut renduë par le Roy François II. & le Roy Henry le Grand ne leur rendit auffi par fes Lettres du 30. Jan-vier 1597. que ladite Juftice concernant la Police.

REPONSE.

On convient que par la Sentence de confifcation de l'an 1548. les Predecef-feurs des Maire & Jurats furent dépoüillez de ladite Prevôté d'Eifines & de la petite Prevôté d'entre deux Mers & encore de la Comté d'Ornon, de la Baronie de Veirines & du reftant de la Banlieuë, non compris dans lefd. qua-tre Terres, en un mot de tous leurs Domaines; mais il faut auffi convenir que le Roy Henry II. par fes Lettres du mois d'Aouft 1550. leur rendit generalement tous leurs Domaines avec toutes leurs appartenances & dépendances, pour en joüir en la même forme & maniere qu'ils en jouïffoient avant ladite Sentence de confifcation, & le Roy ne fe referva que la grande & petite Coûtume, en confequence de laquelle reftitution ils rentrerent dans la poffeffion, tant def-dites deux Prevôtez, que de la Comté d'Ornon & de la Baronie de Veirines.

Ils y établirent des Juges & des autres Officiers pour y rendre la Justice en qualité de Seigneurs Haut-Justiciers, suivant un Arrest du 17 Juillet 1551. dont il est fait mention dans le Statut, au titre des Juges des Prévôtez ; & ont depuis continué, comme ils ont justifié par leur nouvelle production, sans aucune opposition de la part des Officiers du Parlement de Bordeaux, ny de la part des Officiers du Senefchal de Guyenne, aufquels la connoiffance de la Justice dont les Maire & Jurats avoient été dépoüillez en l'année 1548. avoit été attribuée, & qui ne l'auroient pas foufert, s'ils avoient pû l'empêcher.

L'article des Lettres du Roy Henry II. dans lefquelles il est dit que les Maire & Jurats auront la Justice politique dans la Ville & dans la Banlieuë, ne s'aplique point aux deux Prevôtez d'Eifines & d'entre deux Mers, non plus qu'à la Comté d'Ornon & à la Baronie de Veirines, parce que pour lors lefd. deux Prevôtez, de même que lad. Comté d'Ornon & la Baronie de Veirines n'étoient plus comprifes fous le nom de Banlieuë, & portoient le nom de Comté d'Ornon, de Baronie de Veirines, de Prevôté d'Eifines, & petite Prevôté d'entre deux Mers, & de tout ce qui est enclavé dans les limites de la Banlieuë décrites dans les Lettres du Roy Philippe le Bel, il n'y avoit que ce qui n'est pas dans le détroit defd. quatre Seigneuries qui eût retenu le nom de Banlieuë, cela fe voit clairement dans les Lettres du Roy Charles IX. du mois de Decemb. 1560. où lefd. quatre Seigneuries font defignées chacune par leur nom, & féparées de ce qui avoit retenu le nom de Banlieuë ; cela est encore ainfi expliqué dans la Chronique de la Ville de Bordeaux. Auffi les Maire & Jurats ont toûjours joüi depuis tout comme avant lad. Sentence de confifcation, de ladite Prevôté d'Eifines & petite Prevôté d'entre deux Mers comme de deux Terres en Juftice, de même que de la Comté d'Ornon & de la Baronie de Veirines, ils y ont fait rendre la Justice civile & criminelle par des Juges, des Procureurs d'Office, des Greffiers & autres Officiers qu'ils y ont établi, ils ont joüi des amendes & autres droits feigneuriaux, comme ils ont justifié au procès.

Les Lettres du Roy Henry le Grand du 30. Janvier 1597. par lefquelles la Police dans la Ville & Banlieuë est reftituée aux Maire & Jurats, de laquelle ils avoient été dépoüillez par une Chambre de Police érigée par le Parlement de Bordeaux, en execution d'un Edit du Roy Charles IX. du mois de Janvier 1572. n'a rien de commun avec la Juftice de lad. Prevôté d'Eifines & petite Prevôté d'entre deux Mers, non plus qu'avec la Comté d'Ornon & la Baronie de Veirines, foit parce que, comme on vient de dire, dans ledit temps lefdites Seigneuries n'étoient pas comprifes fous le nom de Banlieuë, foit parce que la Chambre de Police dont il est parlé dans lefdites Lettres, n'avoit pas troublé lefdits Maire & Jurats dans la poffeffion de la Juftice defdites quatre Seigneuries, mais feulement dans l'adminiftration de la Police de la Ville & du reftant du Territoire qui avoit retenu le nom de Banlieuë.

CINQUIE'ME OBJECTION.

Les Maire & Jurats ne peuvent point fe prévaloir des Lettres du Roy Charles IX. du mois de Decembre 1560. par lefquelles ils fe firent donner la Juftice Civile dans Ornon, Veirines, Eifines, & petite Prevôté d'entre deux mers : 1°. Parce que par lefd. Lettres il ne leur fut accordé qu'une Juftice de Mairie, ou un fimple Exercice perfonnel de

Juftice

Juſtice, & non une Juſtice Seigneuriale. 2°. *Parce que ces Lettres furent ſurpriſes peu de temps aprés que le Roy Charles I X. fut parvenu à la Couronne dans le temps qu'il n'étoit âgé que de onze ans, & que le Royaume eſtoit plein de troubles.* 3° *parceque cette Conceſſion a eſté revoquée depuis par l'Edit de Moulins art. 71. qui fait deffences aux Echevins, Jurats, Capitouls & Conſuls du Royaume, de connoître des Cauſes civiles, & qui ne leur laiſſe que la connoiſſance du crime & de la Police, & on ne comprend pas comment les Jurats qui depuis ledit Edit, ne connoiſſent plus du civil dans la Ville de Bourdeaux, prétendent en connoître dans la Banlieuë.*

REPONSE.

Tout ce que le Fermier du Domaine releve contre les Lettres du Roy Charles I X. du mois de Decembre 1560. eſt inutile auſſi-bien que ce qu'il allegue, que la Conceſſion accordée par leſd. Lettres aux Maire & Jurats de rendre perſonnellement la Juſtice civile dans leurs Seigneuries, a eſté revoquée par l'Art. 71. de l'Ordonnance de Moulins, parce que les Maire & Jurats n'ont point contrevenu à ladite Ordonnance ; ils ne font perſonnellement aucun exercice de Juſtice dans leſd. Seigneuries, ſoit civile, criminelle, ou de Police, & elle y eſt adminiſtrée par des Officiers ordinaires qu'ils y établiſſent en qualité de Seigneurs Haut-juſticiers. Ils n'exercent pas non plus la Juſtice civile dans le Teritoire qui a retenu le nom de Banlieuë, & ils n'y rendent que la Juſtice criminelle & de Police, de même que dans la Ville, conformément aux Lettres du Roy Henri I I. du mois d'Aouſt 1550. à celles du Roy François I I. de l'an 1560. & à l'Article 71. de l'Edit de Moulins.

Mais cela n'a rien de commun avec la Juſtice Seigneuriale qu'ils ont dans la Comté d'Ornon, dans la Baronie de Veirines, la Provôté d'Eiſines & petite Prevôté d'entre deux mers, qui leur avoit eſté reſtituée par leſdites Lettres du Roy Henry I I. de l'an 1550. comme faiſant partie des Domaines dont ils joüiſſoient avant l'année 1548. ainſi que l'on vient de faire voir; à laquelle Juſtice Seigneuriale, ni les Lettres du Roy Charles I X. de l'an 1560. ni l'Article 71. de l'Ordonnance de Moulins n'ont donné aucune atteinte.

Le Fermier ne peut pas non plus dire que par l'Edit de Moulins, & par les autres qui ont été faits depuis concernant la revocation des dons & des alienations du Domaine de la Couronne, la reſtitution accordée auſdits Maire & Jurats de leur Domaine par leſdites Lettres du Roy Henri I I. a été revoquée, d'autant que par leſdites Lettres le Roy n'aliena rien de ſon Domaine, & ne fit que reſtituer auſdits Maire & Jurats ce qui avoit été confiſqué à leur préjudice, & par cette raiſon ladite reſtitution faite par ledit Roy Henri I I. ne peut jamais être ſujette aux Edits qui revoquent les alienations du Domaine.

Joint que leſd. Lettres étant une ſuite des Lettres d'abolition accordées à la Ville de Bordeaux aprés la condamnation de l'année 1548. elles ne ſont pas ſujettes à revocation ; ces Lettres qui émanent de la pure clemence du Prince pour attirer le cœur de ſes Sujets & pour les contenir dans l'obeïſſance, étant de leur nature irrevocables.

SIXIE'ME OBJECTION.

Les Maire & Jurats n'ont d'autre titre pour s'approprier la Juſtice dans lad. Prevôté d'Eiſines & petite Prevôté d'entre deux Mers que les Lettres du Roy Philippe

Premier Chef
concernant la Jus-
tice des Seigneu-
ries de la Ville de
Bordeaux.

le Bel de l'an 1295. celles d'Edoüard de l'an 1342. & celles de Henri de l'an 1401.
dans lesquelles lesdits Maire & Jurats exposent que de tout temps & ancienneté ils
ont eu la Justice haute, moyenne & basse dans la Banlieuë de Bordeaux, dans la
quelle lesdites deux Prevôtez sont situées; Or lesdites Lettres ou leur exposé sont faux
& convaincus tels par un aveu fourni par lesd. Maire & Jurats en l'année 1273.
dans lequel faisant le dénombrement des droits appartenans à la Ville de Bordeaux,
ils ne font point mention de leur prétendu droit de Justice, au contraire ils disent qu'ils
ne tiennent rien en fief du Duc de Guyenne.

L'exposé desdites Lettres est encore convaincu de faux par des reconnoissances de
ladite année 1273. des Seigneurs d'Ornon, de la Dame de Veirines, & autres parti-
culiers possedans dans ladite Banlieuë, dans lesquelles ils déclarent relever de la Justi-
ce du Duc de Guyenne; il est encore convaincu par d'autres Lettres de Jean Duc de
Guyenne du 21. Mars 1394. & par celles du même Henri du 20. & 21. Avril
1401. dans lesquelles lesdits Maire & Jurats demandent la permission de vendre les
meubles dans la Ville de Bordeaux sans Officier Royal, & demandent encore la con-
cession des Padoüens de la Ville & de la Banlieuë; car s'ils avoient eu la Justice haute,
moyenne & basse dans la Ville & dans la Banlieuë, ils auroient pû faire vendre les
meubles par leurs Officiers, sans Officiers Royaux, & les Padoüens de la Ville & de la
Banlieuë leur auroient appartenu en qualité de Seigneurs Hauts-justiciers; ces contrarie-
tez & plusieurs autres qui sont dans les titres desdits Maire & Jurats convainquent
suffisamment de faux lesd. Lettres du Roy Philippe le Bel, d'Edoüard & de Henri, &
font qu'on n'est point obligé de s'inscrire en faux pour les faire rejetter.

REPONSE.

Le Fermier du Domaine reconnoissant la foiblesse de toutes les objections
precedentes, s'est enfin jetté dans cette extrémité par un coup de desespoir, d'attaquer de faux les Lettres du Roy Philippes le Bel, celles d'Edoüard & d'Henri
Rois d'Angleterre Ducs de Guyenne; mais tout ce qu'il allegue à ce sujet dans
sa Requête du 22. Janvier 1704. est fort inutile, à moins qu'il prenne la voye
qui luy est prescrite par l'Ordonnance, & qu'il fasse son inscription dans les formes: mais pour le convaincre de la verité desd. Lettres, les Maire & Jurats rapportent des expeditions desd. Lettres tirées des Regiftres du Bureau des Treso-
riers de France de Bordeaux collationnées par un desd. Tréforiers en presence
du Procureur de Sa Majesté audit Bureau, à la vûë desquelles on ne croit pas
que le Fermier éleve aucun soupçon de faux contre les titres desdits Maire &
Jurats, à moins qu'il ne veüille aussi accuser de faux les Regiftres desdits Tré-
soriers.

L'exposé desdites Lettres dans lesquelles il est dit que de tout temps & ancienneté les Maire & Jurats ont eu toute Justice dans la Banlieuë, n'est
point non plus faux, puisque la verité dudit exposé est justifiée par les en-
quêtes faites par le Sénéchal du Roy Philippe le Bel, & par celuy d'E-
doüard, desquelles ces Princes font mention dans leurs Lettres, & sur la foy
desquelles preuves ils ont maintenu lesdits Maire & Jurats dans la Justice
de ladite Banlieuë.

Ledit Fermier ne doit point alleguer que ces preuves & enquêtes n'ont pas
plus de force qu'une enquête faite par le Prevôt des Marchands de Paris en fa-

veur des Echevins de la même Ville, parce que le Sénéchal du Roy Philippe le Bel & celuy d'Edoüard n'étoient point du corps de l'Hôtel de Ville de Bordeaux, comme le Prevôt des Marchands l'eft de l'Hôtel de Ville de Paris, c'étoit des Officiers Royaux qui étoient fans doute competans pour faire lefd. preuves & enquêtes.

Premier Chef con-
cernant la Juftice des
Seigneuries de la Vil-
le de Bordeaux.

La declaration faite par les Maire & Jurats dans l'aveu de l'an 1273. qu'ils ne poffedoient pas de fief mouvant du Duc de Guienne, & dans lequel ils ne font pas mention de leur droit de Juftice dans la Banlieuë ne détruit pas la verité des Lettres du Roy Philippe le Bel, d'Edoüard & de Henri, ni les preuves & en-quêtes faites par leurs Sénéchaux.

D'autant que dans le temps de l'aveu de 1273. les Maire & Jurats étoient troublez & dépoffedez de la Banlieuë & de la Juftice d'icelle, comme il eft juftifié par les pieces que le Fermier a luy même produit, fçavoir par les re-connoiffances fournies au Duc de Guienne en la même année 1273. par les Seigneurs d'Ornon, par la Dame de Veirines, & par quelques Habitans d'en-tre deux Mers, & autres poffedans dans ladite Banlieuë, dans lefquels ils de-clarent relever de la Juftice du Duc de Guienne; Or dés-là qu'ils declarent re-lever de la Juftice du Duc de Guienne, il s'enfuit que le Duc de Guienne étoit en poffeffion de la Juftice de la Banlieuë, & que lefdits Maire & Jurats en étoient dépoffedez.

La continuation de ce trouble & de cette dépoffeffion font juftifiez par lefd. Lettres de Philippe le Bel de l'an 1295. dans lefquelles il eft dit qu'il avoit été érigé au préjudice defdits Maire & Jurats dans la Banlieuë la Prevôté de Bar & de Camparrian; la même chofe eft juftifiée par lefd. Lettres d'Edoüard de l'an 1342. qui font foy que les Maire & Jurats avoient été troublez & dépoffedez de la Banlieuë, tant par les Officiers Royaux que par les Seigneurs particuliers, en faveur defquels il avoit été erigé des Terres en Juftice dans ladite Banlieuë, dont lefdites Lettres ordonnent la reftitution; les Lettres de Henri du mois de Fevrier de l'an 1401. juftifient encore ledit trouble, & ordonnent auffi la refti-tution de lad. Banlieuë avec la Juftice, ainfi il n'eft pas furprenant fi les Maire & Jurats declarent dans l'aveu de l'an 1273. n'avoir pas de fief, & ne declarerent pas que la Juftice leur appartenoit dans la Banlieuë, puifqu'ils n'en jouïffoient pas pour lors, & qu'elle étoit dans la main des Officiers du Duc de Guyenne & des Seigneurs particuliers aufquels les Ducs l'avoient concedée.

Il ne faut pas non plus être furpris de ce que dans ledit aveu ils n'ont pas fait de proteftation & de refervation dudit droit de Juftice; car premierement, l'omiffion d'une proteftation ou refervation, ne fait jamais perdre un droit ac-quis. En fecond lieu, les Officiers du Duc de Guyenne qui recevoient ledit aveu, n'auroit pas fouffert ladite refervation, parce que le trouble venoit de leur part & de la part du Prince, & que la proteftation les auroit accufé d'in-juftice; mais enfin ledit aveu de 1273. étant anterieur aux Lettres de Philippe le Bel de l'an 1295. à celles d'Edoüard & de Henri des années 1342. & 1401. il demeure couvert & aneanti par lefd. Lettres qui font foi que la Juftice haute & baffe appartenoit & avoit appartenu de toute antiquité & devoit appartenir aufd. Maire & Jurats dans la Banlieuë, & qu'ils en avoient été certiorez par les

Premier Chef con-
cernant la Juſtice des
Seigneuries de la Vil-
le de Bordeaux.

informations faites par leurs Senéchaux , & veulent qu'elle leur ſoit reſtituée.

Les Lettres de Jean Duc de Guyenne de l'an 1394. & celles de Henri auſſi Duc de Guyenne du mois d'Avril 1401. ne donnent point d'atteinte à la verité de celles du même Henri du mois de Fevrier de la même année , ni à celles du Roy Philippe le Bel , ni à celles d'Edoüard. Premierement, pour ce qui eſt des meubles qui ſe vendent à l'encan dans la Ville de Bordeaux, il eſt conſtant qu'ils ont été de tout temps vendus par un Officier de l'Hôtel de Ville qu'on appelle Encanteur à l'excluſion des Huiſſiers & Sergens Royaux, à cauſe des droits que la Ville prend ſur tous les meubles qui ſe vendent à l'encan; cette verité n'eſt pas ſeulemenr établie par la teneur deſdites Lettres , elle l'eſt encore par les Statuts de ladite Ville au titre de la vente des meubles qui ſe fait à l'encan ; les Maire & Jurats pour la conſervation des droits de la Ville demanderent auſdits Jean & Henri, qu'il fût fait défenſes aux Officiers Royaux de vendre aucuns meubles à l'encan , & qu'ils fuſſent vendus par l'Encanteur de la Ville, ce qui leur fut accordé , mais cela n'a aucun rapport avec le droit de Juſtice appartenant auſd. Maire & Jurats dans la Banlieuë , & ledit Fermier ne peut point inferer de là que leſdits Maire & Jurats ne ſont pas Seigneurs de la Banlieuë.

L'article deſdites Lettres concernant les Padoüens de la Ville & de la Banlieuë ne détruit point le droit de Juſtice appartenant auſdits Maire & Jurats dans ladite Banlieuë , mais fait ſeulement connoître qu'au temps que leſdites Lettres furent accordées , leurs devanciers n'étoient pas encore rétablis dans la poſſeſſion dudit droit de Juſtice & deſdits Padoüens ; & en effet ils obtinrent comme il a été dit depuis , d'autres Lettres de Henri Roy d'Angleterre, Duc de Guyenne du mois de Fevrier 1401. par leſquelles il fut ordonné que la Banlieuë avec tout droit de Juſtice leur ſeroit reſtituée , *una cum juribus de veriis & pertinentiis quibuſcumque*, ce qui emportoit la reſtitution des Padoüens comme une dépendance de la Juſtice ; ainſi il n'eſt pas ſurprenant ſi les Devanciers deſd. Maire & Jurats qui étoient dépoſſedez de la Juſtice & des autres droits & devoirs ſeigneuriaux en dépendans lors qu'ils obtinrent les Lettres du mois d'Avril 1401. ils demanderent la permiſſion de bâtir & d'infeoder les Padoüens, & quand ils auroient été paiſibles poſſeſſeurs des Padoüens, il n'auroient pû dans le bon ordre y bâtir ni les infeoder , & bailler à cens, ſans la permiſſion du Prince , parce que les Communautez des Villes ſont toûjours mineures , & étant ſous la protection des Princes ne peuvent aliener ni engager leurs biens ſans ſa permiſſion ſuivant les Edits & Declarations.

Ce que le Fermier du Domaine allegue qu'il y a deux differentes Lettres de Henri concernant la conceſſion des Padoüens, les premieres du 20. Avril 1401. & les autres du lendemain 21. dudit mois d'Avril de la même année, eſt une pure imagination du Fermier, il peut y avoir deux copies au procés deſd. Lettres de Henri ; mais il n'y a pas pour cela deux differentes conceſſions des Padoüens faites par Henri ; ceux qui les ont tranſcrites peuvent s'être trompez en dattant une copie du 20. & l'autre du 21. Avril 1401. mais l'une & l'autre ne ſont qu'une même choſe ; ainſi tous les grands raiſonnemens que le Fermier fait au ſujet de ce deux differentes Lettres accordées par Henri du jour au lendemain ,

lendemain, & toutes les variations & contraritez qu'il prétend avoir trouvé dans ces doubles Lettres, & dans les autres titres des Supplians ne font que des chimeres

SEPTIE'ME OBJECTION.

Quand les Lettres du Roy Philippe le Bel, celles d'Edoüard & celles de Henri Rois d'Angletrre, Ducs de Guyenne, & l'exposé d'itelles ne seroient pas faux, elles seroient nulles & inutiles ; celles de Philippe le Bel, parce qu'il n'étoit pas proprietaire de la Guyenne, il ne l'avoit que saisie feodalement, faute par le Duc de Guyenne de lui avoir rendu hommage, & par cette raison il ne pouvoit pas conceder ausdits Maire & Jurats la Justice dans la Banlieüe ; les Lettres d'Edoüard & de Henri seroient également nulles, parce qu'étant Vassaux des Rois de France, ils ne pouvoient ériger des Terres en Justice sans leur consentement & leur approbation.

Et toutes lesdites Lettres sont d'autant plus nulles, qu'il s'ensuivroit par icelles que la propriété de tous les heritages situez dans la Banlieüe auroit été transferée aux Maire & Jurats, même la Justice & la Seigneurie de la Ville de Bordeaux; ce qui ne se peut attendu qu'elle est la capitale de la Guyenne & que le chef lieu d'une Duché ne peut être démembré.

A quoi le Fermier ajoûte que le Roy Charles V. ayant confisqué la Guyenne en l'année 1370. il n'avoit pas été au pouvoir des Rois d'Angleterre de faire aucune concession ausdits Maire & Jurats depuis ladite confiscation.

RE'PONSE.

Les Lettres du Roy Philippe le Bel, celles d'Edoüard & de Henri ne disent autre chose, comme il a été dit ci-dessus, sinon que la Justice haute & basse appartenoit ausdits Maire & Jurats, & leur avoit appartenu d'ancienneté dans la Banlieüe de la Ville de Bordeaux, qu'ils en avoient été informez par leurs Sénéchaux, qu'ils les confirment dans ce droit, & veulent qu'ils y soient rétablis, ce qui fait qu'on ne peut point regarder lesdites Lettres non plus que celles de Henri comme un don de la Justice faite ausdits Maire & Jurats, ni alleguer que ces Princes n'avoient pas le pouvoir de donner ladite Justice, puis qu'ils ne la donnent pas, & ne font que confirmer lesdits Maire & Jurats dans leur ancien droit.

En second lieu, la Guerre s'étant allumée entre la France & l'Angleterre, tant par le refus que le Roy d'Angleterre avoit fait de rendre hommage pour la Duché de Guyenne que pour d'autres causes, comme l'Histoire nous l'apprend, la Guyenne ne fut pas simplement saisie, mais elle fut confisquée, & conquise par le droit des Armes, & le Roy Philippe le Bel en étant devenu le Maître, comme d'un Païs conquis, il avoit le pouvoir d'accorder ausdits Maire & Jurats lesdites Lettres de 1295.

Edoüard Roy d'Angleterre étant aussi devenu Seigneur de la Guyenne par le délaissement que le Roy Philippe le Bel luy en fit en l'année 1303. tant luy que ses Successeurs ont pû pareillement accorder leurs Lettres de 1342. & 1401.

C'est inutilement que le Fermier du Domaine allegue qu'il n'étoit pas per-

E

mis aux Ducs de Guyenne d'ériger des Juſtices ſeigneuriales dans la Guyenne ſans le conſentement de nos Rois qui en étoient les Souverains, dautant que comme il vient d'être dit, leſdites Lettres d'Edoüard & de Henri ne ſont point une conceſſion de Juſtice : mais quand on pourroit les regarder comme telles, elles ne ſeroient pas pour cela nulles, par cette raiſon que les Ducs de Guyenne n'étoient pas de ſimples Gentilshommes, ou de ſimples Seigneurs Hauts-Juſticiers, leſquels ne peuvent par les Loix du Royaume ériger des Terres en Juſtice inferieures & dépendantes des leurs ſans la permiſſion de Sa Majeſté, c'étoient des Princes reconnus pour tels, & qui avoient toute l'autôrité des Souverains ; ils étoient à la verité tenus de rendre hommage à nos Rois, d'aſſiſter à leur ſacre & à leur couronnement, & à quelques autres devoirs ; mais cela prés, ils avoient un pouvoir ſouverain, ils faiſoient des Loix, faiſoient battre monnoye, impoſoient des ſubſides, levoient des Armées, faiſoient la Paix & la Guerre, en un mot ils faiſoient tous Actes de Souveraineté, ils étoient à peu prés comme ſont à preſent les Electeurs d'Allemagne & les Princes d'Italie, qui peuvent ſans doute ériger dans leurs Etats des Seigneuries & des Juſtices quand ils le trouvent à propos.

Que ce fut par uſurpation ou par conceſſion de nos Rois que les Ducs de Guyenne ayent joüi des droits de ſouveraineté, cela eſt indifferent à la cauſe, parce qu'il ſuffit qu'ils en ayent ainſi uſé pendant pluſieurs ſiecles, & tout autant qu'ils ont poſſedé la Guyenne au vû & ſçû de nos Rois, pour que les conceſſions qu'ils ont fait auſdits Maire & Jurats ne puiſſent pas être débatuës, ſur tout le Roy Charles VII. ayant par le traité de l'année 1451. conſirmé, comme il a été dit par un article exprés, tous les dons & toutes les conceſſions faites par les Rois d'Angleterre, & maintenu les Habitans dans la poſſeſſion & joüiſſance des droits, Domaines & Seigneuries, & Juriſdictions dont ils joüiſſoient ſous les Anglois.

Il ne faut pas dire que par les Lettres du Roy Philippe le Bel & par celles d'Edoüard & de Henri Rois d'Angleterre, Ducs de Guyenne, tous les heritages ſituez dans la Banlieuë auroient paſſé dans la main des Maire & Jurats, parce qu'il n'a jamais été dit que lors qu'on délaiſſe une Terre en Juſtice, ſoit par infeodation, par vente, donation ou autrement, la proprieté de tout le fonds ſitué dans la Seigneurie ſoit acquiſe à celuy à qui la Seigneurie eſt délaiſſée, il acquiert ſeulement la Seigneurie avec tous les droits & Domaines en dépendans, & chaque Particulier conſerve les ſiens, & par cette raiſon la reſtitution de la Banlieuë en toute Juſtice ordonnée par leſd. Lettres, ne dépoüilloit pas les Particuliers qui poſſedoient dans la Banlieuë, mais rétabliſſoit ſeulement leſdits Maire & Jurats dans les droits ſeigneuriaux dont ils avoient été dépoſſedez.

Il ne faut pas non plus alleguer que leſdites Lettres emportoient le délaiſſement de la Ville de Bordeaux ; car il paroît par la lecture deſd. Lettres, & ſur tout par celles d'Edoüard, qu'elles n'ordonnent ſimplement que la reſtitution de la Banlieuë, avec la Juſtice haute & baſſe d'icelle ; il eſt vrai que les Lettres de Henri du mois de Fevrier 1401. faiſant la deſcription des limites de la Banlieuë, diſent de même que celles du Roy Philippe le Bel, que la Banlieuë a ſes limites, *ab ipsa civitate usque in hac civitate & sub urbiis computatis*, c'est à dire que la Ville & les Faubourgs servent de limites à la Banlieuë, mais cela ne veut pas dire que la Banlieuë comprend la Ville, ce qui sert de limite, ne pouvant pas être la chose limitée.

Aussi après que Henri a décrit les limites de la Banlieuë, il n'ordonne pas que la Ville & les Faubourgs seront restituez aux Maire & Jurats, avec la Justice haute & basse, mais seulement la Banlieuë, conformement aux Lettres d'Edoüard dont il ordonne l'execution ; ainsi tous les raisonnemens que le Fermier du Domaine fait pour prouver que les Ducs de Guyenne ne pouvoient pas aliener la Ville de Bordeaux, ni la démembrer de la Duché de Guyenne, comme en étant la Capitale, sont inutiles.

Quant à la confiscation de la Guyenne que le Fermier du Domaine dit avoir été faite par le Roy Charles V, en l'année 1370. les Maire, Sousmaire & Jurats remontrent que ladite confiscation' étant posterieure aux Lettres du Roy Philippe le Bel, à celles d'Edoüard de l'année 1342. qui ordonnent la restitution de la Banlieuë, avec la Justice d'icelle, elle. ne peut donner aucune atteinte ausdites Lettres, elle n'en peut pas non plus donner à celles de Henri du mois de Février 1401. parce qu'elles ne font qu'ordonner l'execution de celles d'Edoüard & n'accordent rien de nouveau.

En second lieu, ladite confiscation ne fut point mise à execution par le Roy Charles V. & les Rois d'Angleterre ont resté Maîtres de la Guyenne jusqu'en l'année 1451. qu'ils en furent chassez par le Roy Charles VII. ce qui fait qu'on ne peut point attaquer les Actes qu'ils ont fait dans cet intervale de temps, par le pretexte de ladite confiscation, notamment après que par le traité de la reduction de la Ville de Bordeaux de l'an 1451. les Habitans d'icelle ont été confirmez & maintenus, comme il a été dit, dans toutes les Seigneuries & Jurisdictions qu'ils possedoient sous les Anglois, & par exprés dans les dons que les Ducs de Guyenne leur avoient fait.

Premier Chef concernant la Justice des Seigneuries de la Ville de Bordeaux.

Concernant le titre de la Comté d'Ornon & le titre de la Baronie de Veirines.

Le Fermier du Domaine demandant la suppression du titre de Comté & du titre de Baronie ausdites Seigneuries d'Ornon & de Veirines demeure par là d'accord que la Justice desdites deux Terres appartient ausdits Maire & Jurats ; comme en effet elle ne peut pas être contestée par les raisons qu'on vient de relever. Aussi Me. Nicolas Charpantier l'un des Fermiers a pris condamnation dans ce chef comme il a été dit dans les conferences en presence de Monsieur de Ficubet Rapporteur du procés. Voici ce qu'il oppose contre le titre de Comté & contre le titre de Baronie.

OBJECTION.

Les Maire & Jurats ne rapportent point l'erection en Comté de la Seigneurie d'Ornon, ni l'erection en Baronie de celle de Veirines. 2°. Ces Terres n'ont pas les qualitez requises par les Ordonnances pour porter ces titres. 3°. Par la Sentence de confiscation de l'an 1548. lesdites Terres ayant été confisquées, le titre de Comté & de Baronie fut aboli, & les Maires & Jurats n'ayant recouvert la Justice dans lesdites

Premier Chef concernant la Justice des Seigneuries de la Ville de Bordeaux & le titre de Comté & de Baronie des Terres d'Ornon & de Veirines.

Terres que par les Lettres du Roy Henri II. de l'an 1550. ou par celles du Roy Charles IX. de l'an 1560. pour qu'elles euſſent pû reprendre leſdits titre de Comté & de Baronie, il auroit falu des Lettres de rétabliſſement dudit titre, enregiſtrées dans les formes odinaires.

REPONSE.

Il eſt vrai que les Maire, Souſmaire & Jurats ne rapportent pas l'érection deſd. Terrés en Comté & en Baronie à cauſe du long-temps qui s'eſt écoulé depuis leur érection & à cauſe de la perte des titres de la Ville de Bordeaux, arrivée lorſque les Anglois ſortirent de la Guyenne, & depuis encore en l'année 1548. lorſque tous les Domaines de la Ville furent confiſquez; mais au lieu des titres d'érection, ils employent la poſſeſſion immemoriale dans laquelle leſd. Maire, Souſmaire & Jurats, & ceux de qui ils les ont acquiſes ſont de tenir leſd. Terres en qualité de Comté & de Baronie, une telle poſſeſſion en matiere feodale & ſeigneuriale valant titre, comme il Nous eſt appris par Baquet dans ſon traité du droit de Juſtice chap. 5. par Loiſeau dans ſon traité des Seigneuries chap. 4. n. 64. ce qui eſt confirmé par l'inſtruction pour les Commiſſaires Generaux députez par Sa Majeſté pour la confection du nouveau Papier Terrier de ſes Domaines en la Generalité de Bordeaux du 8. Janvier 1678. où il eſt dit que les Seigneurs qui ont titre ou poſſeſſion ſuffiſante ne doivent pas être inquietez lorſque Sa Majeſté n'a ni titre ni poſſeſſion.

Le Sieur Controlleur du Domaine dans ſa Requête du 13. Decembre 1701. convient qu'une longue poſſeſſion peut ſuffire, mais il prétend qu'elle doit être reconnuë par le Roy ou par ſes Predeceſſeurs; ſi bien que ſi les Maire & Jurats peuvent faire voir que Sa Majeſté & ſes Predeceſſeurs ont reconnu & approuvé leſdits titres de Comté & de Baronie, leur cauſe en ce point ne pourra ſouffrir aucune difficulté.

Or Pour en juſtifier, les Maire & Jurats employent. Premierement, les Lettres de Henri Roy d'Angleterre, Duc de Guyenne, qui leur permettent d'acheter la Comté d'Ornon, dans leſquelles il qualifie ladite Terre de Comté; on ne peut pas douter d'une qualité qui eſt atteſtée par le Prince, ſur tout lorſque la qualité dépend uniquement de l'autorité du Prince qui la donne. 2°. On employe les Lettres du Roy Henri II. du mois d'Aouſt 1550. qui rétabliſſent la Ville de Bordeaux dans tous ſes droits, domaines & privileges, dans leſquelles ladite Seigneurie d'Ornon eſt appellée Comté d'Ornon, & celle de Veirines eſt appellée Baronie de Veirines, ces mêmes titres leur ſont donnez dans d'autres Lettres dudit Roy Henri II. de l'an 1558. dans celles du Roy Charles IX. de l'année 1560. & encore dans l'Arreſt du Conſeil d'Etat du 19. Janvier 1669. par tous ces Actes, il eſt évident que nos Rois & même Sa Majeſté heureuſement regnant ont approuvé & reconnu la Terre d'Ornon pour Comté & celles de Veirines pour Baronie.

Le Fermier du Domaine ne peut point oppoſer que la Comté d'Ornon & la Baronie de Veirines n'ont pas les qualitez requiſes par les Ordonnances & Arreſts de Reglement pour porter les titres de Comté & de Baronie; car ſi bien par l'Edit du Roy Henri III. du 17. Aouſt 1579. il eſt défendu de publier

blier aucune érection de Seigneurie en nouvelle dignité, qu'elle ne foit de la qualité requife ; fçavoir , que la Baronie foit compofée de trois Châtelenies pour le moins qui feront unies & incorporées enfemble pour être tenuës en un feul hommage de Sa Majefté, que la Comté ait deux Baronies, & trois Châte-lenies pour le moins, ou une Baronie & fix Châtelenies auffi unies & tenuës de Sa Majefté, cette Ordonnance n'eft que pour les érections qui feront faites à l'avenir , mais elle ne donne aucune atteinte aux Terres qui portoient aupa-ravant ledit titre , ni n'ordonne pas qu'il fera fupprimé.

Premier Chef concernant la Juftice des Seigneuries de la Ville de Bordeaux & le titre de Comté & de Baronie des Terres d'Ornon & de Veirines.

Pour ce qui eft de ce que le Fermier du Domaine allegue qu'après la Sen-tence de confifcation de l'année 1548. il auroit falu des Lettres expreffes de rehabiliation dûëment enregiftrées pour reprendre lefdits titres, c'eft une ob-jection qui ne merite pas de réponfe , parce que les Lettres du Roy Henri II. de l'année 1550. qui reftituent à la Ville de Bordeaux lefdites deux Terres avec tous fes autres Domaines , donnant le titre de Comté & de Baronie aufd. Terres, & lefdites Lettres ayant été enregiftrées par tout où il étoit neceffaire, il n'a pas falu d'autres Lettres pour reprendre lefdits titres.

A l'égard de l'étenduë de lad.Comté d'Ornon,de la Baronie de Veirines,de la Prevôté d'Eifines & de la petite Prevôté d'entre deux Mers,elle eft la même par le dehors que celle de la Banlieuë dont les limites font expliquées & defignées dans les Lettres du Roy Philippe le Bel de l'an 1295. & dans celles d'Edoüard & de Henri Rois d'Angleterre, Ducs de Guyenne des années 1342. & 1401. il eft vrai que lefd.Lettres ne font point la diftinction ni la feparation defd.quatre Terres; mais cela doit être indifferent audit Fermier du Domaine, puis qu'elles font toutes fituées dans la Banlieuë de Bordeaux ; dans laquelle les Maire & Jurats ont la Juftice haute,moyenne & baffe, & qu'elles confrontent toutes par le dehors à des Juftices de Seigneurs particuliers , à la referve de la petite Pre-vôté d'entre deux Mers qui confonte en quelques endroits à la grande Prevôté Royale d'entre deux Mers.

Etenduë des Seigneu-ries de la Ville de Bordeaux.

D'ailleurs la diftinction defdites Seigneuries eft expliquée par la Chronique de Bordeaux imprimée en l'année 1619. dans laquelle les Paroiffes qui appar-tiennent à chacune defdites Terres font defignées ; la même diftinction eft faite dans le dénombrement fourni par les Maire & Jurats au Bureau des Tréforiers de France, de la Generalité de Bordeaux de l'année 1676. & ce qui doit faire ceffer toute forte de difficulté,c'eft que les Maire & Jurats ont rapporté un gros volume d'Appointemens prononcez par les Juges defdites Seigneuries , & encore d'autres pieces par lefquelles il eft juftifié de quelles Paroiffes chaque Seigneurie eft compofée.

Il eft furprenant que le Fermier prétend reduire la Comté d'Ornon au feul Château & Jardin d'Ornon comme fi une Terre qui porte titre de Comté à la-quelle la Prevôté de Camparrian eft annexée , pouvoit être reduite à un fi petit efpace, cela paroîtra d'autant plus extraordinaire , qu'au temps que les Maire & Jurats en firent l'achat , ledit Château étoit ruiné , & n'étoit qu'une mafure inhabitable, tout comme il eft encore à prefent : mais ce qui fait voir que lad. Comté d'Ornon eft une chofe bien plus confiderable qu'un vieux refte de Châ-teau & un Jardin, c'eft qu'au temps qu'elle fut achetée elle coûta aufdits Mai-

F

re & Jurats quinze cens marcs fterlin d'Angleterre de bon or & de bon poids, & dix tonneaux de vin de Graves rendu à bord de Vaiffeau quittes de droits, ce qui eft une fomme immenfe, fur tout pour l'année 1407. qui eft le temps de l'achat.

C'eft inutilement que l'on oppofe que dans les declarations fournies par les Seigneurs d'Ornon & de la Dame de Veirines de l'année 1273. il n'eft pas fait mention de toutes les Parroiffes qui compofent lefdites Seigneuries, d'autant que pour lors Ornon & Veirines n'étoient que de fimples Fiefs fans Juftice, comme le Fermier & le Controlleur General du Domaine en conviennent, & comme lefdites declarations le juftifient, & ainfi toutes les Parroiffes qui en dépendent à prefent ni étant pas lors annexées, il n'eft pas furprenant fi le Seigneur d'Ornon & la Dame de Veirines n'en firent pas mention dans leurfdites declarations.

Mais en tout cas toutes celles qui y font énoncées font fans doute de leur dépendance, & pour ce qui eft des autres, dés-là qu'elles font toutes dans l'étenduë de la Banlieuë, dans laquelle la Juftice appartient aux Maire & Jurats, qu'ils font en poffeffion de toutes lefdites Paroiffes, & qu'ils rapportent des preuves de leur poffeffion, qui remontent à plus de cent ans, ils ne peuvent point être inquietez fuivant l'inftruction donnée aux Commiffaires Generaux députez pour la confection du Papier Terrier de Sa Majefté en la Generalité de Bordeaux.

Et quoique dans une reconnoiffance fournie en 1273. à Edoüard Roy d'Angleterre, Duc de Guyenne par les Habitans d'entre deux Mers, quelques Habitans de Treffes, de Bouliac, Floirac & Melac ayent declaré que lefdits Habitans font de la Juftice du Duc de Guyenne, neanmoins on ne peut pas induire de là que lefdites Parroiffes ne font pas de la dépendance de la petite Prevôté d'entre deux Mers, qui appartient aux Maire & Jurats, dautant qu'au temps de ladite reconnoiffance, comme il a été remarqué cy-deffus, lefdits Maire & Jurats étoient dépoffedez de la Banlieuë dans laquelle lefd. Parroiffes font fituées, & ils ne rentrerent dans la poffeffion de ladite petite Prevôté qu'en execution des Lettres d'Edoüard de l'année 1342. qui ordonnent qu'elle leur feroit reftituée, encore furent-ils obligez de compofer avec le Seigneur de Monferran, auquel le Roy d'Angleterre l'avoit concedée, ce qui fait qu'on ne peut tirer aucune induction de ladite reconnoiffance de 1373. contre les Maire & Jurats, puis qu'elle demeure couverte & aneantie pour tout ce qui eft dans les limites de la Banlieuë décrite par les Lettres du Roy Philippe le Bel de l'an 1295. tant par lefdites Lettres de Philippe le Bel que par celles d'Edoüard de l'année 1342. & par celles de Henri de l'an 1401.

Concernant les lots
& demi lots préten-
dus par le Fermier du
Domaine.

Pour les lots de vingt ans en vingt ans, ou des demi lots de dix ans en dix ans que le Fermier demande pour la Comté d'Ornon, & pour la Baronie de Veirines depuis quarante années, & de continuër à l'avenir, il fonde fa prétention fur les declarations de l'année 1273. fournies au Roy d'Angleterre Duc de Guyenne par le Seigneur d'Ornon, & par la Dame de Veirines, par lefquelles ils ont declaré leurs Terres relever de la Duché de Guyenne, & être fujettes à certain droit d'exporle & au devoir d'un Soldat, à quoy le Fermier ajoûte que par Arreſt du Conſeil d'Etat du 24. Octobre 1687. la Ville d'Arles a été condamnée de payer les lots & demi lots pour les heritages qu'elle poſſede.

Contre cette nouvelle demande les Maire & Jurats remontrent premierement que par là ledit Fermier ſe départ de la reünion qu'il avoit demandée de la Juſtice deſdites Seigneuries. 2°. Que les lots & ventes ne ſont dûes dans la Province de Guyenne par les Communautez, ſoit Eccleſiaſtiques ou Laïques, non plus que par les Particuliers qu'en cas de vente ou d'échange, encore faut-il qu'ils ſoient demandez dans les trente ans du contrat d'acquiſition, & comme les Maire & Jurats ſont en poſſeſſion de la Comté d'Ornon depuis le contrat d'achat qu'ils en ont fait en l'année 1407. & de la Baronie de Veirines depuis le contrat d'acquiſition de l'an 1526. ledit Fermier eſt viſiblement non recevable & mal fondé dans ſa demande.

Les declarations de l'année 1273. fournies au Roy d'Angleterre par le Seigneur d'Ornon & par la Dame de Veirine, ne ſont pas une raiſon pour demander leſdits lots ou les demi lots, & le Fermier ne peut prétendre que les devoirs portez par leſd. declarations, mais il ne peut aggraver la condition des Suplians, ni leur impoſer une ſurcharge, ni augmenter le devoir porté par le titre.

Il y a encore cette reflexion à faire, que le droit d'exporle n'eſt dû qu'à chaque mutation, lorſque le Seigneur fait faire ſes exporles & ſes reconnoiſſances, & il eſt inoüi qu'on faſſe arrerager ce droit: pour le Soldat regulierement, les Communautez, ſoit Eccleſiaſtiques, ſoit Laïques, ne ſont pas ſujettes au Ban & arriere Ban, ni obligées d'envoyer d'homme au Service pour les fiefs qu'elles tiennent, mais pourtant la Ville de Bordeaux a toûjours fourni à Sa Majeſté & aux Rois ſes Predeceſſeurs tout le ſecours d'hommes qui luy a été demandé: dans la derniere Guerre, elle leva & entretint pour le Service de Sa Majeſté juſqu'à la Paix une Compagnie de cent Grenadiers, & dans celle-cy, elle avoit auſſi fait en l'année 1703. la levée d'une Compagnie de cent Grenadiers dont Sa Majeſté n'a pas eu beſoin, & qui a été congediée par ſes ordres.

L'Arreſt rendu contre la Ville d'Arles ne peut être tiré à conſequence contre leſdits Maire & Jurats, parce que la Provence a des uſages particuliers pour les lots & demi lots qui ne s'obſervent pas dans les autres Provinces.

Et ſi bien par ledit Arreſt du 24. Octobre 1687. ladite Ville d'Arles a été condamnée de payer des demi lots de dix en dix ans pour les biens non amortis; le Fermier du Domaine ne peut point prétendre que les Maire & Jurats ſoient tenus de luy payer des demi lots pour ladite Comté d'Ornon, & pour la Baronie de Veirines. Premierement, parce qu'à l'égard de la Comté d'Ornon les Maire & Jurats la poſſedoient dés l'année 1407. avant que la Ville de Bordeaux fût ſoumiſe à la France, & par le traité de 1451. fait avec le Roy Charles VII. ils furent maintenus dans la poſſeſſion des Seigneuries & autres heritages qu'ils poſſedoient ſous le regne des Anglois, ſans être tenus de payer aucune finance.

2°. Ladite Comté d'Ornon & ladite Baronie de Veirines, & generalement tous les Domaines de la Ville de Bordeaux ayant été confiſquez en l'année 1548. le Roy Henry II. remit & reſtitua à ladite Ville par ſes Lettres du mois d'Aouſt 1550. toutes les ſuſdites Seigneuries & Domaines, avec enjonction à

ſes Cours de Juſtice de faire joüir ladite Ville pleinement & paiſiblement deſdits Domaines, dérogeant par tant que de beſoin à toutes les Ordonnances,
tant anciennes que modernes faites ſur le fait des finances.

On ne peut pas douter que ledit traité de 1451. & leſdites Lettres de 1550.
n'operent le même effet que les Lettres particulieres d'amortiſſement, puiſque
par iceux nos Rois ont permis à ladite Ville de poſſeder tous les Domaines
dont elle joüiſſoit avant ledit traité, & avant la confiſcation de l'année 1548.
cela peut d'autant moins ſouffrir de difficulté que le Roy Henry II. retint la
grande & petite Coûtume qui appartenoit à lad. Ville, & qui valoit beaucoup
plus que ce qu'il luy reſtitua, & par là il fut largement indemniſé de la finance qu'il auroit pû prétendre pour le droit d'amortiſſement.

Bien plus en l'année 1645. il fut fait une recherche generale du droit d'amortiſſement en la Province de Guyenne, & moyennant la ſomme de 120000. liv.
qui fut impoſée ſur les Elections qui compoſent la Generalité de Bordeaux,
pour les reſtes dudit droit qui n'avoit pas été payé; le Roy amortit generalement tous les Domaines & heritages qui étoient poſſedez par les Communautez Seculieres de ladite Province,& depuis il a été fait une nouvelle recherche dudit droit d'amortiſſement & des nouveaux acquêts, en execution de la
Declaration du 5. Juillet 1689. & leſdits Maire & Jurats ont payé la ſomme
de 7144. liv. 16. ſols 4. deniers pour les Domaines qu'ils avoient acquis depuis l'amortiſſement general accordé en l'année 1645.

Aprés cela on ne voit pas que le Fermier du Domaine qui n'eſt pas chargé
du recouvrement des droits d'amortiſſement & des nouveaux acquêts, puiſſe
alleguer que la Comté d'Ornon & la Baronie de Veirines n'ont pas été amortis, ni demander ſur ce pretexte des lots de vingt en vingt ans, ou des demi
lots de dix en dix ans. A quoy l'on ajoûte que le Fermier du Domaine ayant
voulu étendre ſur la Province de Languedoc les lots & demi lots qui ſe payent
en Provence, Sa Majeſté a ſurcis ces pourſuites à la requiſition du Clergé de
France.

Dans le ſecond Chef du procés le Fermier du Domaine demande que la directe generale dans la Comté d'Ornon,dans la Baronie de Veirines,la Prevôté
d'Eiſines, la petite Prevôté d'entre deux Mers, enſemble dans le reſtant de la
Banlieuë qui a retenu le nom de Banlieuë & même dans la Ville de Bordeaux,
ſoit declarée appartenir à Sa Majeſté. Il établit ſa prétention ſur ce qu'il preſu-
poſe que Sa Majeſté eſt fondée par le titre de la Couronne dans la directe generale de toutes les Terres de ſon Royaume, il ſoûtient que cela eſt decidé.

Premierement, par les Lettres du Roy Henry II. du 25. Novembre 1549.
faites pour la confection du Papier Terrier de la Ville, Prevôté & Vicomté de
Paris, dans leſquelles il eſt enjoint à tous prétendans fiefs, cens & rentes dans
les limites de ladite Prevôté & Vicomté d'exhiber les titres juſtificatifs de
leurs droits.

En ſecond lieu, par l'article 383. de l'Ordonnance du Roy Loüis le Juſte
du mois de Janvier 1629. qui porte que *tous les heritages ne relevans d'autres Seigneurs ſont cenſez relever de Sa Majeſté, ſi les poſſeſſeurs des heritages ne font appa-
roir de bons titres qui les en déchargent.*

En

En troifiéme lieu , par l'article 12. de l'Arreft du Confeil d'Etat du 18. Decembre 1670. fervant de Reglement pour le Papier Terrier de la Province de Guyenne , où il eſt dit que *pour remedier aux entreprifes & ufurpations qui peuvent avoir efté faites fur la Seigneurie directe de Sa Majefté , qui fe trouve mêlée en aucuns lieux avec celle des Seigneurs particuliers, lefdits Seigneurs Particuliers feront tenus de fournir des états par eux certifiez contenant par le menu les maifons, terres, places & heritages qu'ils prétendent dépendre de leurs fiefs & Seigneuries , dont ils feront tenus de juftifier.*

En quatriéme lieu , il prétend que cette queftion a été jugée en faveur de Sa Majefté par divers Arrefts du Confeil contre les Gouverneurs & Confuls de la Ville d'Arles , contre les Cordeliers de la Ville de Libourne, contre le Sindic du Chapitre Saint Seurin lez Bordeaux , contre les Habitans de Labour , & même contre lefdits Maire & Jurats par deux Arrefts des 30. Aouft 1680. & premier Aouft 1682.

Enfin il ajoûte que Sa Majefté a plufieurs fiefs & diverfes cenfives dans les Seigneuries de la Ville, d'où il infere que l'univerfalité de la directe appartient à Sa Majefté , & non à ladite Ville.

Il ne fera pas difficile aufdits Maire & Jurats de détruire la prétention du Fermier. Premierement , les Lettres de Henri II. ne difent point que Sa Majefté foit fondée par le feul titre de fa Couronne dans la directe generale de tous les heritages de fon Royaume comme le Fermier prétend , il paroît par la lecture d'icelles qu'elles ne font point un Reglement pour tout le Royaume , & que leur effet eft limité aux heritages fituez au dedans, les fins & les limites des Châteaux & Maifons Royales de la Ville de Paris , & des Châteaux & Châtellenies de la Prevôté & Vicomté de Paris , dans tous lefquels endroits la Juftice appartenant à Sa Majefté,elle eft pour cette raifon cenfée avoir pareillement la directe, ce qui ne peut pas être tiré à confequence pour les heritages fituez dans les Juftices des Seigneurs particuliers , & fur tout quand elles font fituées dans d'autres Provinces lefquelles ont chacune leurs loix & leurs coûtumes particulieres.

Pour ce qui eft de l'article 383. de l'Ordonnance de 1629. ladite Ordonnance n'ayant point été enregiftrée au Parlement de Bordeaux , elle ne peut point être oppofée aufdits Maire & Jurats, dautant que Sa Majefté n'ayant pas trouvé à propos de la faire enregiftrer audit Parlement , elle a par là jugé qu'elle ne devoit pas faire de loy dans la Province de Guyenne.

D'ailleurs le Fermier demeurant d'accord dans fes écritures que ladite Ordonnance eft relative aux Lettres du Roy Henri II. de l'an 1549. il doit en même temps convenir qu'elle ne doit avoir d'effet que dans les Juftices Royales , & non dans les Terres des Seigneurs, auffi ladite Ordonnance ne dit point que tous les heritages fituez dans le Royaume font cenfez mouvans de Sa Majefté , mais feulement ceux qui ne relevent pas d'autres Seigneurs, ce qui prouve manifeftement que fuivant ladite Ordonnance Sa Majefté ne prétend pas avoir la directe dans les Terres des Seigneurs particuliers.

A l'égard de l'Arreft de Reglement du 18. Decembre 1670. il n'y a pas un feul mot où il foit dit que Sa Majefté à la directe generale de tous les heritages

G

de fon Royaume par le titre de fa Couronne ; l'article 12. fur lequel le Fermier fe fonde n'eft que *pour remedier aux entreprifes & ufurpations qui peuvent avoir été faites fur la Seigneurie directe de Sa Majefté dans les lieux où elle fe trouve mêlée avec celle des Seigneurs particuliers, pour regler précifement ce qui dépend defdites Seigneuries, & ôter à l'avenir tout pretexte d'ufurper les uns fur les autres, & pour que les bornes & les limites des Territoires tenans & aboutiffans defdites Seigneuries & de leur dépendances foient établies & marquées, & à l'avenir inconteftablement reconnuës; Voila quel eft l'objet dudit article, & en voilà même les termes.*

Cet article a lieu lors qu'un particulier a des fiefs ou des cenfives mêlées avec des fiefs de Sa Majefté, c'eft à dire dont les bornes & la contenance ne font pas connuës & certaines, lors qu'il s'agit de regler les limites des Territoires tenans & aboutiffans defdits fiefs mêlez, incertains & inconnus; dans ce cas, comme Sa Majefté eft fondée dans la directe generale, dans les Juftices & Maifons Royales, il faut fuivant ledit Reglement que les particuliers qui ont leurs cenfives ou leurs fiefs mêlez avec ceux de Sa Majefté defignent les bornes & les limites de leurs fiefs & cenfives, & qu'ils juftifient de leur étenduë pour qu'on puiffe *regler les bornes & les limites, & ôter à l'avenir tout pretexte d'ufurper les uns fur les autres, & pour que les limites des Territoires tenans & aboutiffans des Seigneuries & de leurs dépendances foient établies & marquées, & à l'avenir inconteftablement reconnuës*, ce font les termes du Reglement; mais cela ne conclud pas que Sa Majefté a une directe generale dans les Seigneuries de la Ville de Bordeaux, ni dans les Terres des autres Seigneurs du Royaume.

Il eft vrai que Sa Majefté a quelques fiefs & quelques cenfives dans les Terres de ladite Ville, mais les limites & l'étenduë defdits fiefs étans certaines & connuës, comme il fe verroit fi le Fermier avoit produit les dénombremens des Vaffaux & les declarations fournies à fon Papier Terrier, il ne peut tirer aucun avantage dudit Reglement, & quand il allegueroit qu'il y a quelque fief de Sa Majefté mêlé avec les Terres de la Ville de Bordeaux, & que les bornes & l'étenduë defdits fiefs font incertaines & inconnuës, il ne pourroit pas pour cela obliger les Maire & Jurats de declarer les bornes & les limites, & la confiftance de leur fief, & d'en juftifier, attendu qu'ils font fondez en la directe generale de leurs Seigneuries ainfi que l'on va faire voir, & que c'eft l'avantage de ceux qui ont la directe generale d'obliger tous ceux qui prétendent quelque fief ou quelque cenfive dans leur Territoire de juftifier de leur prétention.

On ne peut pas dire que cette regle n'a pas lieu contre Sa Majefté à caufe de fa fouveraineté, dautant qu'en matiere de fief Sa Majefté ne veut pas être regardée comme Roy, & veut être traitée comme les Seigneurs particuliers; c'eft ainfi qu'elle s'eft expliquée dans l'inftruction pour les Commiffaires Generaux députez pour la confection de fon Papier Terrier en la Generalité de Bordeaux du 8. Janvier 1678. que le Fermier a lui même produit, où il eft dit dans l'article 9. que *les declarations ou reconnoiffances qui compofent le Papier Terrier font dües à Sa Majefté par fes Sujets, non comme Roy, ni à caufe de fa Couronne, mais comme Seigneur de fief, & le Papier Terrier de Sa Majefté fe doit faire de la même maniere que ceux des particuliers Seigneurs de fief, le tout fuivant les coûtu-*

mes & usages du Païs ; ce sont les termes de l'instruction qui détruisent d'une maniere convainquante l'allegation que fait le Fermier que Sa Majesté est fondée en la directe generale de son Royaume par le seul titre de sa Couronne.

Il est si peu vrai que le Roy ait cette prétention qu'ayant reçû diverses plaintes, que certains particuliers commis à la poursuite de son Terrier, abusant des Reglemens faisoient donner des assignations à toutes personnes indifferament pour declarer s'ils possedoient des heritages en la censive & Seigneurie directe de Sa Majesté ou non, & representer les titres & contrats de leur possession, Sa Majesté ordonna par Arrest du Conseil d'Etat du 4. Janvier 1673. qu'on n'assigneroit que ceux qui effectivement possedoient dans la censive de Sa Majesté, fit trés-expresses défenses ausdits Commis de faire donner des assignations à toutes personnes indifferament pour venir declarer s'ils possedoient des heritages en la mouvance & directe de Sa Majesté, au lieu que si elle avoit prétendu avoir la directe generale dans son Royaume, elle n'auroit pas blâmé la conduite desdits Commis, & auroit trouvé bon qu'on eût assigné toute sorte de personnes pour venir declarer s'ils possedoient en la mouvance de Sa Majesté.

A l'égard des Arrests rendus contre la Ville d'Arles, les Habitans de Labour, le Sindic du Chapitre Saint Seurin, les Cordeliers de la Ville de Libourne & autres, on remontre que tous ces Arrests ont été rendus dans des hypotheses particulieres, & contre des Possesseurs dans les Terres où Sa Majesté a la Justice haute, moyenne & basse, & où elle étoit fondée en la directe generale par des titres particuliers, elle avoit une ancienne Enquête de l'année 1311. justificative de sa directe dans le païs de Labour, un titre de 1273. pour la Paroisse d'Ambarés contre le Chapitre Saint Seurin, un autre de la même année contre les Cordeliers de la Ville de Libourne ; cela est ainsi expliqué dans le veu desdits Arrests, ce qui fait voir qu'ils n'ont nulle application à la cause ; puisque Sa Majesté n'a aucun titre particulier d'une directe generale dans les Terres de la Ville de Bordeaux, & n'en a pas même la Justice, & qu'au contraire lesdits Maire & Jurats ont des titres justificatifs de leur directe generale, comme l'on fera voir ci-après.

Pour ce qui est des Arrests des 30. Aoust 1681. & premier Aoust 1682. rendus contre lesdits Maire & Jurats, ils ont seulement jugé qu'ils étoient mal fondez dans l'opposition qu'ils avoient formé à l'execution de l'article 7. dudit Reglement de l'année 1670. qui ordonne que les particuliers possedans en Franc-alû en feroient leur declaration au Papier Terrier de Sa Majesté, & rapporteroient les titres justificatifs de leur franc-alû, pour que dans la suite on ne pût pas donner une plus grande extension aux Terres tenuës en Franc-alû ; Mais ces Arrests ne jugent point que Sa Majesté est fondée en la directe generale par le titre de la Couronne, qui est la raison sur laquelle le Fermier prétend établir la directe generale de Sa Majesté sur les Terres de la Ville de Bordeaux, ils ne jugent pas non plus que s'il se trouve quelque fief de Sa Majesté dans les Seigneuries de ladite Ville, mêlé avec le fief de ladite Ville, c'est à dire dont les limites & l'étenduë sont incertaines ; lesdits Maire & Jurats seront tenus en execution de l'art. 12. dud. Reglement de 1670. de justifier des limites de leurs fiefs, parce qu'il n'étoit pas pour lors question dudit article 12. mais seulement de l'art. 7. & pour cela il ne faut que lire le Veu & le Dictum desdits Arrests.

A la verité Sa Majesté a cet avantage sur tous les Seigneurs de fiefs de son Royaume, qu'il est leur Seigneur suzerain & dominant mediatement ou immediatement ; mais cette qualité de Seigneur dominant ne lui attribuë pas la directe generale dans les Terres de ses Vassaux, comme le Fermier du Domaine le prétend, au contraire il y a de l'incompatibilité qu'il soit Seigneur dominant, & qu'en cette qualité le Vassal rende hommage de son fief à Sa Majesté, & qu'à même-temps elle ait la directe generale dans le fief dont elle reçoit l'hommage.

Les Maire & Jurats conviennent que Sa Majesté a quelques fiefs & quelques censives dans les Terres des Seigneuries de la Ville de Bordeaux, mais le Fermier du Domaine ne peut pas inferer de là que l'universalité de la directe appartient à Sa Majesté, au contraire dés-là qu'elle n'a que quelques fiefs particuliers & quelques censives en trés-petit nombre, par rapport à l'étenduë desdites Terres, comme les titres qu'il a produits le justifient, il est visible que l'universalité de la directe n'appartient pas à Sa Majesté.

Aprés avoir détruit la prétention du Fermier du Domaine, il n'en faudroit pas d'avantage ausdits Maire & Jurats pour obtenir leur décharge dans ce chef, suivant la maxime, *actore non probante reus absolvi debet* ; mais pour ne rien ômettre, on va expliquer les raisons sur lesquelles lesdits Maire, Sousmaire & Jurats fondent leur droit de directe dans leurs quatre Seigneuries & dans le restant de la Banlieuë non compris dans lesdites Seigneuries ; on examinera ensuite la question concernant les maisons situées dans la Ville de Bordeaux.

Ils prenent leur premiere raison pour établir leur droit de directe dans leurs quatre Seigneuries de leur qualité de Seigneurs Hauts-Justiciers, & ils remontrent que suivant la commune opinion des Docteurs celuy qui a la Justice d'une Terre est presumé en avoir la directe, si on ne justifie du contraire, au moins dans les Provinces où le franc-alû n'a pas lieu, c'est la Doctrine de Loiseau, dans son traité des Seigneuries ch. 12. n. 51. de Joann. Fab. dans son Cod. sur la Loy *cunctos populos de sacra Trinitate*, de Lapeirere dans ses Décisions lit. 5. n. 14. de Ranchin sur la question 273. de Guy-Pape & de plusieurs autres.

Le fondement de cette Maxime se prend de ce que nos Docteurs François remarquent, sur tout Loiseau dans sondit traité des Seigneuries chapitre premier, qu'aprés que nos premiers Rois eurent conquis les Gaules pour assûrer leurs Conquêtes, & recompenser à même temps les Officiers & les Soldats qui les avoient servis, ils leur donnerent des Païs, des Provinces & des Contrées pour les garder, sous le titre de Duchez, de Marquisats, de Baronie, &c. eu égard au rang qu'ils tenoient dans leurs Armées, & aux services qu'ils avoient rendu ; de ces Païs & de ces Contrées ces Officiers en furent faits les Seigneurs, en tiroient les revenus, & y administroient la Justice sous la dépendance du Roy.

Les grands Officiers pour engager ceux qui étoient sous eux à les suivre en temps de Guerre, & pour les interesser à la Garde du Païs, leur firent part

des

des Terres & du droit que le Prince leur avoit donné ; Voilà , difent nos Livres , la premiere origine de nós Juftices feigneuriales, de nos fiefs & de nos arriere-fiefs; & voilà auffi la raifon pour laquelle toutes les Juftices feigneuriales , & tous les fiefs & arriere-fiefs du Royaume relevent de Sa Majefté, mediatement ou immediatement , comme venant tous de la liberalité de fes Predeceffeurs ; Ces fiefs & ces arriere-fiefs n'étoient au commencement qu'à la vie du preneur , & étoient appellez *Beneficia* , & par fa mort ils étoient réünis à la Couronne , ou retournoient dans la main du Seigneur qui avoit donné en arriere-fief une partie de fon Territoire : dans la fuite des temps les fiefs & les arriere-fiefs font devenus hereditaires,ce qui fut fait fous le regne du Roy Hugues Capet, & pour lors le droit d'exercer & adminiftrer la Juftice fut annexé au fief & fait patrimonial, qui auparavant étoit perfonnel ; c'eft ce qui nous eft appris par Coquille fur la Coûtume de Nivernois titre de Juftice , *in princ.* & encore par Dumoulin dans le commencement de fa Preface fur le titre des fiefs de la Coûtume de Paris.

Depuis que les Juftices & les Fiefs font devenus hereditaires , & qu'il a été loifible de les vendre & de les aliener,le fief s'eft fouvent trouvé feparé de la Juftice par l'alienation & le démembrement qui en a été fait;mais quoi qu'à prefent les fiefs puiffent être fans Juftice,neanmoins la prefomption a refté en faveur des Seigneurs Hauts - Jufticiers , qu'ils font cenfez avoir la Seigneurie directe dans leur Territoire , fi on ne prouve le contraire , à caufe que dans leur origine les fiefs étoient unis à la Juftice , & qu'ils n'en font à prefent feparez que par accident par l'alienation qu'en ont fait les Seigneurs Jufticiers, laquelle alienation ne doit pas être prefumée fi elle n'eft prouvée , puis qu'elle eft contraire à la premiere inftitution des fiefs & des Juftices feigneuriales.

A cette premiere raifon , qui eft commune avec tous les Seigneurs Hauts-Jufticiers du Royaume , les Maire & Jurats en ajoûtent deux ou trois qui leur font particulieres. Premierement, il paroît par les Lettres d'Edoüard Roy d'Angleterre, Duc de Guyenne de l'an 1342. & par celles de Henri auffi Roy d'Angleterre, Duc de Guyenne , du mois de Fevrier 1401. que toute la Banlieuë amplement décrite dans lefdites Lettres , & qui comprend lefdites quatre Seigneuries , eft renduë à la Ville de Bordeaux , non feulement en toute Juftice , haute, moyenne & baffe , mais encore avec tous les autres droits & devoirs feigneuriaux en dépendans , *cum dicto jufticiatu & aliis juribus & de veriis & pertinentiis fuis integre* , difent les Lettres d'Edoüard & celles de Henri , *una cum juribus & de veriis & pertinentiis fuis quibufcumque* , lefquels termes emportent fans doute le droit de directe , fur tout les Ducs de Guyenne ne fe refervans dans lefdites Lettres que le cas de Reffort.

La troifiéme raifon qui eft particuliere pour la Comté d'Ornon, pour la Baronie de Veirines & la Prevôté d'Eifines,eft tirée de la Chronique de Bordeaux, où il eft dit que toutes les Parroiffes dépendantes defd. Terres payent annuellement à la Ville un droit de cens appellé Bian, ce droit eft non feulement établi par la Chronique, mais encore par les baux à ferme que les Maire & Jurats rapportent, il eft fait mention de ce droit de Bian comme d'un droit feigneurial dans diverfes Coûtumes du Royaume, dans celle du Poitou art. 99.

H

Second Chef concernant le droit de directe.

& 102. dans celle d'Angoumois art. 22. & dans celle de Saint Jean d'Angeli art. 131. & 132. auſſi le ſieur Ducange dans ſon Gloſſaire *in verbo* Bian, dit que le droit de Bian eſt un veritable droit ſeigneurial.

Or la Ville de Bordeaux jouïſſant de ce droit dans le temps qu'elle étoit ſous la domination des Anglois dans les Terres qu'elle poſſedoit alors, & ayant été maintenuë dans tous les droits & Seigneuries, dont elle jouïſſoit ſous la domination des Anglois par le traité de 1451. fait avec le Roy Charles VII. lors de la réduction de la Ville de Bordeaux ; & depuis ayant été confirmée & rétablie dans tous ſeſdits droits & Domaines par les Lettres de Henri II. de l'an 1550. il n'eſt pas poſſible que les Fermiers & le Controlleur general du Domaine puiſſent conteſter à ladite Ville la directe generale dans leſdites Terres, qui eſt établie par ce droit de Bian qui ſe leve ſur tous les Habitans deſdites Terres.

Une quatriéme raiſon ſe prend des Lettres Patentes du Roy Henri II. du 17. Avril 1558. dans leſquelles ce Prince declare les Tenanciers & Vaſſaux de ladite Comté d'Ornon, Baronie de Veirines & autres lieux appartenans à la Ville de Bordeaux, être tenus montrer & exhiber auſdits Maire & Jurats, à quel droit & titre ils tiennent les biens ſituez au dedans deſdites Seigneuries, nonobſtant la coûtume, uſance & obſervance du païs Bordelois, par laquelle les Tenanciers prétendent que les Seigneurs doivent & ſont tenus montrer à quel droit & titre ils tiennent les biens au dedans de leurs fiefs, laquelle le Roy Henri II. declare ne vouloir ſortir à effet attendu que leſdits Maire & Jurats ſont Seigneurs fonciers & directs deſdits lieux, ce ſont les termes deſdites Lettres, ce qui ne ſçauroit être plus formel.

Il eſt ſi vrai que la directe generale dans la Comté d'Ornon & dans la Baronie de Veirines, étoit anexée à la Seigneurie deſdites Terres, que dans les contrats de vente qui ont été faits à la Ville, on lui a vendu en termes generaux & indéfinis les droits & devoirs ſeigneuriaux, honneurs, cens, rentes, lots & ventes dépendants deſdites Seigneuries, ſans aucune reſtriction, deſignation ni limitation, & par exprés avec le droit de directe, cela eſt dit nommément dans le contrat de vente de la Baronie de Veirines.

Enfin une derniere raiſon qui eſt pour la Baronie de Veirines en particulier eſt tirée d'une tranſaction ou reconnoiſſance faite en execution d'une Sentence arbitralé du dernier Decembre 1356. renduë entre le Seigneur & les Habitans de Veirines & Taudinet, par laquelle tous les Habitans deſdits lieux ſont declarez ſujets à une rente ſeigneuriale.

Non ſeulement leſd. Maire & Jurats ſont fondez dans la directe de lad. Comté d'Ornon, de la Baronie de Veirines, de la Prevôté d'Eiſines & de la petite Prevôté d'entre deux Mers, ils le ſont encore dans le reſtant de la Banlieuë non compris dans leſdites quatre Seigneuries par cette raiſon que ledit reſtant qui eſt ce qui a retenu & qui porte le nom de Banlieuë, fait partie du Territoire décrit & limité dans les Lettres du Roy Philippe le Bel de l'an 1295. dans celles d'Edoüard de l'an 1342. & dans celles de Henri de l'an 1401. dans tout lequel Territoire que leſdites Lettres appellent la Banlieuë de Bordeaux, leſd. Maire & Jurats ont la directe generale.

Et si bien aprés la confiscation de tous leurs droits & Domaines de l'année Second Chef concernant le droit de directe. 1548. le Roy Henri II. retint par ses Lettres du mois d'Aoust 1550. la Justice civile dans ledit détroit de la Banlieuë, non compris dans lesdites quatre Seigneuries, le Fermier du Domaine ne peut pas neanmoins inferer de là qu'il en retint aussi la directe comme une dépendance de la Justice, parce que par les mêmes Lettres par lesquelles il retint la Justice civile, il leur rendit non seulement la Justice concernant la Police dans ledit détroit de même que dans la Ville, mais il leur remit generalement tous les droits, profits, rentes, revenus & Domaines, dont ils jouïssoient avant la Sentence de confiscation sans aucune chose excepter ni reserver, sauf de la grande & petite Coûtume; ce qui fait voir qu'il ne retint point la directe.

Mais quoique lesdits Maire & Jurats soient fondez dans l'universalité de la directe desdites quatre Seigneuries qu'ils possedent dans la Banlieuë, & du restant de ladite Banlieuë non compris dans lesdites Seigneuries, ils ne prétendent pas pourtant exclurre les censives ni les fiefs particuliers que Sa Majesté peut y avoir, ni ceux qui peuvent appartenir à des particuliers, mais ils soutiennent seulement que c'est au Fermier du Domaine & aux Particuliers d'en justifier attendu que Sa Majesté n'a pas de directe en qualité de Roy ni par le titre de sa Couronne, mais comme Seigneur de fief, & que Sa Majesté veut que son Papier Terrier soit fait comme celui des autres Seigneurs de fief suivant l'usage & la coûtume des lieux.

Le Fermier du Domaine a si bien reconnu qu'il étoit obligé de justifier des fiefs & des censives que Sa Majesté a dans le détroit desdites quatre Seigneuries, & même dans le restant de la Banlieuë, qu'il a produit divers titres à ce sujet, mais comme l'examen desdits titres entraîneroit dans une longue discussion, & qu'il est prealable de prononcer sur la question de la directe generale, lesdits Maire & Jurats se reservent de contredire les titres particuliers produits par le Fermier, aprés que la question aura été jugée.

Pour ce qui concerne le dedans de la Ville de Bordeaux, lesdits Maire & Jurats remontrent que les Habitans de ladite Ville ayant été maintenus par deux divers Arrests du Conseil d'Etat des dernier Mars 1674. & 1. Aoust 1693. dans le droit de posseder en Franc-alú; le Fermier du Domaine ne peut point prétendre que Sa Majesté soit fondée en la directe generale de ladite Ville, sur tout la qualité de Roy & le titre de sa Couronne ne lui donnant pas ce droit.

Contre les raisons & les titres desdits Maire & Jurats qui ne sçauroient être plus solides, le Fermier du Domaine a fait un grand nombre d'objections dont on va rappeller les principales.

RREMIERE OBJECTION.

Contre la premiere raison tirée du droit de Justice dans les Seigneuries de la Ville, le Fermier s'est contenté de dire que les Seigneurs Justiciers n'étoient pas fondez dans la directe de leurs Terres, par la raison que Fief & Justice n'ont rien de commun.

RE'PONSE.

On convient que celuy qui a la directe d'une Terre n'est pas presumé en avoir la Justice suivant ladite maxime, fief & Justice n'ont rien de commun : mais comme la Justice est plus noble que le fief, celuy qui a la Justice est presumé avoir le fief, c'est la remarque de Loiseau dans son traité des Seigneuries chap. 12. n. 43. & suivans où il fait cette refléxion, qu'on ne dit pas Justice & fief n'ont rien de commun, mais bien fief & Justice n'ont rien de commun, parce que le fief comme moins noble n'entraîne pas la Justice avec luy, au lieu que la Justice étant plus éminente & étant dans sa premiere origine, unie & annexée au fief, elle est censée avoir avec elle le fief comme étant de son ancienne dépendance, à moins qu'on justifie du contraire.

Le Controlleur general du Domaine a convenu de la regle que le Seigneur qui a la Justice est fondé de droit dans la directe de sa Terre, & sur ce fondement il a pretendu dans sa Requête du 13. Decembre 1701. que la Duché de Guyenne appartenant à Sa Majesté, elle étoit presumée en qualité de Duc de Guyenne avoir la directe dans toute l'étenduë de ladite Duché, & par consequent dans les Terres en Justice de la Ville, comme étant situées dans ladite Duché.

Mais ce raisonnement va trop loin, il s'ensuivroit par iceluy que la directe de tous les heritages situez dans la Duché de Guyenne releveroient nûëment de Sa Majesté, & qu'aucun Seigneur ne pourroit avoir ni d'arriere-fief ni de censives, ce qui est contre la Coûtume generale du Royaume, qui permet aux Vassaux de sousinfeoder ou bailler à cens une partie de leur Domaine.

Il est vrai que les Ducs sont fondez dans la directe des heritages situez dans les Duchez qui dépendent d'eux immediatement, & qui ont resté dans leur Domaine : mais pour les Seigneuries & les fiefs qui relevent des Ducs à foy & hommage, la directe desd. Terres appartient à leurs Vassaux ; la même raison qui veut que les Ducs ayent la directe dans leurs Terres, quoique leurs Duchez relevent de Sa Majesté, voulant que les Seigneurs qui relevent des Ducs ayent aussi la directe dans leurs Terres, & c'est la raison pour laquelle, quoique les Seigneuries de la Ville de Bordeaux soient dans la Duché de Guyenne, & relevent de Sa Majesté, neanmoins Sa Majesté n'est pas fondée dans la directe des heritages situez dans lesd. Seigneuries, parce qu'elle n'en est pas le Seigneur immediat, il y auroit même de la contrarieté que Sa Majesté fût le Seigneur dominant desd. Terres, & qu'elle en reçût la foi & l'hommage, & qu'à même temps elle fût le Seigneur foncier & direct des heritages situez dans icelles.

SECONDE OBJECTION.

Contre la seconde raison sur laquelle les Maire & Iurats établissent leur directe dans leurs Terres en Iustice prise des Lettres d'Edoüard de l'an 1342. & de Henri du mois de Fevrier 1401. le Fermier a opposé que ces Lettres ni celles de Philippe le Bel ausquelles elles sont relatives ne concernent que la Iustice & non la directe, que pour qu'on pût dire qu'Edoüard & Henri avoient fait abandon de la directe, il faudroit qu'ils l'eussent fait expressement par une clause particuliere.

RE'PONSE.

RE'PONSE.

La lecture defdites Lettres justifie, comme il a été dit, que non seulement
la Justice de la Banlieuë a été restituée aufdits Maire & Jurats, mais encore tous
les autres droits & devoirs Seigneuriaux appartenans & dépendans de la Banlieuë, *Balleucam cum Iusticiatu & aliis juribus & deveriis & pertinentiis fuis integre restitui faceremus*, est-il dit dans les Lettres d'Edoüard & dans celles de
Henri, *Balleucam cum alto & basso Iusticiatu una cum juribus deveriis & pertinentiis fuis quibufcumque*, ce qui emporte le délaissement du droit de directe,
sur tout les Rois d'Angleterre ne s'étant reservé dans lesdites Lettres que le cas
de Ressort.

TROISIE'ME OBJECTION.

*Contre la troisiéme raison prise du droit de cens appellé Bian, que la Ville leve
tous les ans sur les Parroisses dépendantes de la Comté d'Ornon, de la Baronie de
Veirines, & Prevôté d'Eisines, les Fermiers ont opposé que les Maire & Iurats ne
rapportent pas la preuve dudit droit.*

RE'PONSE.

Outre la preuve qui se tire de la Chronique de Bordeaux, qui fait foy que le
droit appellé Bian se leve sur les Parroisses qui composent la Comté d'Ornon,
la Baronie de Veirines, & la Prevôté d'Eisines, les Maire & Jurats ont rapporté des Baux à ferme qu'ils font annuellement dudit droit publiquement au vû
& sçû de tous, ce qui prouve suffifament ledit droit, sur tout n'étant pas contesté par les redevables, & les titres de la Ville ayant été enlevez lorsque les
Anglois furent chaffez de Bordeaux en l'année 1451. & encore depuis en l'année 1548. & quand ce droit de Bian pourroit être regardé comme un droit de
corvée, ainsi que le Fermier le prétend sans en justifier, il n'établiroit pas
moins le droit de directe., parce que ce droit se perçoit generalement sur toutes les Parroisses dépendantes desdites Seigneuries.

QUATRIE'ME OBJECTION.

*Contre les Lettres du Roy Henri II. du 17. Avril 1558. qui declarent la directe
appartenir à la Ville de Bordeaux dans la Comté d'Ornon, la Baronie de Veirines,
& autres lieux, le Fermier du Domaine a allegué que lesdites Lettres ne font point
des Lettres Patantes, mais des simples Lettres de Terrier, dans lesquelles les Predeceffeurs defdits Maire & Jurats avoient inseré ce qui leur avoit plû.*

*Que lesdites Lettres sont contre lefdits Maire & Iurats, en ce que par icelles ils
avoient fait déroger en leur faveur à la Coûtume de Bordeaux, qui veut que les Seigneurs justifient de leur directe, & ont fait ordonner que les Vassaux & Tenanciers
de la Comté d'Ornon, de la Baronie de Veirines & autres lieux exhiberoient leurs titres; car si les Maire & Iurats prétendent n'être pas obligez de rapporter des titres
contre les Habitans & poffeffeurs de leurs Seigneuries pour justifier de leur directe, à
plus forte raison le Fermier du Domaine est bien fondé à prétendre la directe generale,
sans être tenu de rapporter des titres, le Domaine de Sa Majesté étant plus privilegié que celuy des Maire & Iurats, & enfin il oppose que lesdites Lettres du 17. Avril
1558. n'ont jamais été executées.*

I

Second Chef concernant le droit de directe.

Les termes & la maniere en laquelle les Lettres du 17. Avril 1558. font conceuës, font voir que ce font de veritables Lettres en forme de Declaration, lefquelles le Roy Henri II. accorda aux Maire & Jurats, parce qu'il étoit informé qu'ils étoient veritablement Seigneurs fonciers & directs de leurs Seigneuries; cela eft expreffement dit dans lefdites Lettres, & encore parce qu'il fçavoit que le peu de titres qu'ils avoient confervé lorfque les Anglois furent chaffez de la Guyenne avoient été pris & enlevez en l'année 1548.

Ce qui ne peut pas être tiré à confequence par le Fermier du Domaine, puis qu'on vient de faire voir qu'il ne peut pas prétendre que Sa Majefté foit fondée en la directe generale dans les Terres des Seigneurs particuliers; & que d'ailleurs les titres & les papiers de fes Domaines en Guyenne ont été foigneufement confervez au Bureau des Treforiers de France de Bordeaux, où l'on trouve tous les hommages, les aveus & reconnoiffances fournies aux Rois d'Angleterre en qualité de Ducs de Guyenne, & ceux qui ont été depuis rendus à nos Rois.

Mais puifque le Fermier du Domaine veut prendre droit par lefdites Lettres du 17. Avril 1558. il doit convenir qu'à l'exception des Terres des Maire & Jurats, la Coûtume de la Province eft que le Seigneur doit juftifier de fa directe, cela eft dit en termes exprés dans lefdites Lettres, ainfi c'eft à luy à juftifier en détail des directes qu'il prétend que Sa Majefté a dans ladite Province, Sa Majefté voulant, comme il a été dit, que fon Papier Terrier foit fait dans ladite Province, de la même maniere que ceux des particuliers Seigneurs de fief, le tout fuivant les Coûtumes & Ufages des lieux, attendu que les Declarations & reconnoiffances ne luy font pas dûës par fes Sujets, comme Roy ny à caufe de fa Couronne, mais comme Seigneur de fief.

Au refte, quand il feroit vrai que lefdites Lettres du 17. Avril 1558. n'auroient pas été executées, ce que l'on ne fçait pas, elles ne juftifieroient pas moins la directe defdits Maire & Jurats dans lefd. Seigneuries, & la negligence que l'on pourroit avoir eu de faire le Terrier de la Ville ne pourroit pas luy faire perdre ladite directe, que lefdites Lettres declarent en termes formels luy appartenir.

Contre le titre particulier qui regarde la Baronie de Veirines, qui eft une Sentence qui condamne les Habitans de ladite Terre de payer un droit de cens à leur Seigneur; le Fermier n'a rien trouvé à redire, & prend condamnation par fon filence, mais le Controlleur General du Domaine a allegué que ce titre n'étoit que pour la Parroiffe de Veirines & non pour les autres Parroiffes dépendantes de ladite Baronie, mais comme il n'y a point de Parroiffe particuliere qui porte le nom de Veirines, & que Veirines eft le nom de la Seigneurie qui embraffe toutes les Parroiffes qui en dépendent, il s'enfuit que toutes lefdites Parroiffes font fujettes au droit Seigneurial mentionné dans ladite Sentence, & par confequent que la Ville a la directe generale également fur toutes lefdites Parroiffes, & en effet dans le contrat de vente de ladite Terre le droit de directe eft expreffement vendu.

CINQUIE'ME OBJECTION.

Dans une reconnoiſſance de l'an 1273. fournie par les Maire & Iurats au Roy d'Angleterre, ils ont declaré n'avoir aucun fief, ce qui détruit formellement leur prétenduë directe generale.

RE'PONSE.

Les Maire & Jurats ont fait voir ci-deſſus qu'au temps que leurs Predeceſſeurs fournirent l'aveu de 1273. ils étoient dépoſſedez de la Banlieuë & des Seigneuries ſituées dans icelle, non ſeulement du droit de Juſtice, mais encore de tous les autres droits & devoirs ſeigneuriaux; ainſi il n'eſt pas ſurprenant s'ils declarerent en ladite année 1273. n'avoir pas de fief, puis qu'effectivement ils n'en poſſedoient aucuns, mais ils ont dépuis recouvré la Banlieuë & les Seigneuries qui avoient été érigées dans icelle à leur préjudice, & à même temps la directe d'icelles, comme ils viennent de faire voir, ce qui fait que ledit aveu ne peut pas leur être oppoſé, puiſque les choſes ne ſont plus dans le même état qu'elles étoient pour lors.

SIXIE'ME OBJECTION.

Les Maire & Iurats n'ont point acquis de directe generale dans Ornon ni dans Veirines par l'achat qu'ils ont fait deſdites Terres apparoiſſant par les aveus fournis au Duc de Guyenne en l'année 1273. par les Seigneurs d'Ornon, & par la Dame de Veirines, qu'ils n'avoient point de directe generale, au moins ils n'en parlent pas dans leurs aveus.

RE'PONSE.

Ornon & Veirines n'étoient que de ſimples fiefs ſans Juſtice en l'année 1273. le Fermier du Domaine en convient, la Juſtice étoit dans la main du Duc de Guyenne qui l'avoit uſurpée au préjudice deſdits Maire & Jurats, comme la lecture deſdits aveus le juſtifie, ces deux fiefs ont été érigez depuis en deux Terres en Juſtice, & ont été acquis en cette qualité par les Predeceſſeurs deſdits Maire & Jurats; bien plus la Banlieuë dans laquelle leſd. deux Terres ſont ſituées leur a encore été délaiſſée par les Ducs de Guyenne en toute Juſtice, & avec tous les droits ſeigneuriaux en dépendans, comme l'on vient de faire voir, ainſi les choſes n'étant pas dans le même état qu'elles étoient en 1273. les aveus fournis en ladite année par lès Seigneurs d'Ornon & la Dame de Veirines ne peuvent pas détruire le droit de directe generale que leſdits Maire & Jurats ont acquis depuis en achetant leſd. deux Seigneuries, & par le délaiſſement qui leur a été fait depuis de la Banlieuë, avec tous les droits & devoirs ſeigneuriaux en dépendans.

SEPTIE'ME OBJECTION.

Les Ducs de Guyenne n'ont point retenu la foi & hommage dans les titres par leſquels ils ont ordonné la reſtitution de la Banlieuë en faveur deſdits Maire & Jurats, & par cette raiſon ils ne leur ont point délaiſſé la directe.

REPONSE.

Second Chef concernant le droit de directe.

On convient que dans les Lettres du Roy Philippe le Bel de l'an 1295. ni dans celles d'Edoüard de l'an 1342. ni dans celles de Henri du mois de Fevrier 1401. par lesquelles la Banlieuë est délaissée aux Maire & Jurats , il n'est point parlé de retention de foy & hommage , mais cela ne donne aucune atteinte audit délaissement. 1°. Parce que lesdites Lettres ne font point une premiere concession de ladite Banlieuë, & elles n'en ordonnent que la restitution. 2°. Quand on pourroit regarder lesdites Lettres comme une premiere concession, la retention de foy & hommage ne seroit pas d'une necessité absoluë , parce que, comme il a été dit ci-dessus, on peut tenir en franc alû noble ou roturier dans le Païs Bordelois, suivant les Arrests du Conseil d'Etat des dernier Mars 1674. & 4. Aoust 1693. & encore suivant le Reglement du 18. Dec. 1670. & l'instruction du 8. Janvier 1678. pour la confection du Papier Terrier de Sa Majesté en la Generalité de Bordeaux. 3°. Le défaut de la retention de foy & hommage n'opereroit autre chose si ce n'est que les Maire & Jurats seroient dés-lors devenus Vassaux immediatement de nos Rois, dautant que c'est une maxime certaine de laquelle le Fermier du Domaine convient que lors qu'un Vassal aliene son fief ou partie d'iceluy sans retenir la foy & hommage, l'acquereur devient dans ce moment le Vassal du Seigneur de fief , par cette raison , que jamais un fief ne peut être sans Seigneur.

Mais enfin dés-là que les Ducs de Guyenne ont ordonné par leurs Lettres de 1342. & 1401. comme il a été dit , que la Banlieuë fût délaissée aux Maire & Jurats , non seulement avec la Justice mais encore avec tous les droits & devoirs en dépendans , on ne peut pas douter qu'ils ne leur ayent delaissé le droit de directe , sur tout ne s'étant reservé que le cas de Ressort.

HUITIE'ME OBJECTION.

Les titres sur lesquels les Maire & Iurats établissent leur prétendu droit de directe, ont été méprisez par l'Arrest du Conseil d'Etat du premier Aoust 1682. par lequel il a été jugé conformement à l'Arrest du Conseil d'Etat du 18. Decembre 1670. rendu par forme de Reglement pour la confection du nouveau Papier de Sa Majesté en la Generalité de Bordeaux, que lesd. Maire & Iurats donneroient leur declaration de ce qu'ils prétendent tenir en franc-alû & en justifieroient ; & il y a une contrarieté évidente dans leur conduite avant ledit Arrest du 1. Aoust 1682. Ils soûtenoient que tous les heritages étoient censez en franc-alû, & que c'étoit au Fermier de Sa Majesté & aux Seigneurs de justifier de leur directe ; à présent ils soûtiennent qu'ils sont censez Seigneurs directs de tous les heritages situez dans leurs Seigneuries.

RE'PONSE.

L'Arrest du Conseil d'Etat du premier Aoust 1682. qui a jugé que les Habitans de la Province de Guyenne devoient donner la declaration des heritages tenus en franc-alû, & de justifier du franc-alû, n'a point méprisé les titres sur lesquels les Maires & Jurats fondent leur droit de directe dans leurs Seigneuries, puisque d'une part ils ne furent point produits avant l'Arrest comme le

veu

Suivant la declaration ouvrie par les maire et urats en l'annee 1273 au lieu de guienne et veu d'icelui le fait voir, & que de l'autre cet Arrest n'est point opposé à leur droit de directe, au contraire il le prejuge à raisonner suivant les maximes du Fermier, car puisque suivant ledit Arrest ce n'est point au Procureur de Sa Majesté à prouver sa directe dans les Terres Royales ; mais bien aux particuliers à prouver le franc-alû, par la même raison il s'ensuit que ce n'est point aux Seigneurs qui ont un Territoire circonscrit & limité à prouver leur directe dans leurs Seigneuries.

Et quoi qu'il n'y ait aucune proportion entre Sa Majesté en qualité de Roy & les Seigneurs particuliers ses Sujets, neanmoins en matiere de fief Sa Majesté ne veut point être traitée differament comme on a deja dit, c'est ainsi qu'elle s'explique dans l'instruction donnée aux Commissaires députez pour la confection de son Papier Terrier en la Generalité de Bordeaux du 8. Janvier 1678. où il est dit que *les declarations ou reconnoissances qui composent son Papier Terrier dûes à Sa Majesté par ses Sujets, ne lui sont pas dûes comme Roy ni à cause de sa Couronne, mais comme Seigneur de fiefs, & que son Papier Terrier doit se faire de la même maniere que ceux des Particuliers Seigneurs de fief, le tout suivant la coûtume & usage des lieux.*

Le Fermier ne peut pas dire qu'il y a de la contrarieté dans la conduite des Maire & Jurats en ce qu'ils soûtiennent à present qu'ils sont fondez en la directe generale dans leurs Terres aprés avoir soûtenu que les Habitans de la Province de Guyenne étoient censez tenir leurs heritages en franc-alû, dautant que lorsque lesdits Maire & Jurats ont soûtenu que les Habitans de leur Province n'étoient pas tenus de declarer ni de justifier de leur franc-alû, ils ont crû avoir raison de le dire à l'exemple du Languedoc qui a été maintenu dans ce droit & croyoient avoir de bons titres pour cela, mais l'Arrest du 1. Aoust 1682. ayant détruit l'ancien usage de la Province qui chargeoit le Seigneur de justifier de sa directe, les Supplians sont obligez de se conformer audit Arrest, & de suivre la jurisprudence qu'il établit, en quoi on ne peut pas blâmer leur conduite.

NEUVIE'ME OBJECTION.

Quand les Ducs de Guyenne auroient voulu donner aux Maire & Jurats la directe de la Banlieuë & des Seigneuries situées dans icelle, & en retenir la mouvance, ils n'auroient peu le faire, parce qu'on ne peut retenir la mouvance d'une mouvance, notament dans la Coûtume de Bordeaux, où il n'y a point d'article qui permette au Vassal de se joüer de son fief, au contraire l'article 21. du titre des droits des Seigneurs semble le prohiber.

REPONSE.

Il est difficile de comprendre ce que le Fermier veut dire *qu'on ne peut retenir la mouvance d'une mouvance*, & que par cette raison les Ducs de Guyenne n'ont peu délaisser aux Maire & Jurats la directe de la Banlieuë, car il ne peut pas être contesté que ce ne soit une maxime constante que tous les Seigneurs du Royaume peuvent sousinfeoder ou bailler à cens une partie de leur fief en retenant la foi & hommage; si cela n'étoit pas permis, il faudroit dépouiller tous les Seigneurs du Royaume de leurs arriere-fiefs & de leurs censives, & renverser toutes les Seigneuries.

K

Ce que le Fermier allegue qu'il n'y a point d'article dans la Coûtume de
Bordeaux qui permette au Vassal de se joüer de son fief, ne merite aucune attention, d'autant que cela est permis par l'usage general du Royaume depuis que les
fiefs ont été faits hereditaires & patrimoniaux, comme Nous apprennent tous
nos livres, & notament Maître Charles Dumoulin sur la Coûtume de Paris,
titre des Fiefs art. 51. *in verbo* démembrer, n. 16.

Le Fermier ne peut point dire que l'art. 21. du titre des droits seigneuriaux
de la Coûtume de Bordeaux le défend, parce que la lecture dudit article détruit cette objection, & l'Arrest du Parlement de Bordeaux sur ledit article in-
feré dans ladite Coûtume justifie au contraire qu'il est permis non seulement
de sousinfeoder ou bailler à cens une partie du fief, mais même que le censitai-
re peut bailler sous une rente seconde ou autre redevance l'heritage qu'il
tient à cens, si cela n'est pas prohibé par le bail à cens.

Mais enfin le Fermier du Domaine ayant lui-même produit au procés un
grand nombre d'hommages rendus aux anciens Ducs de Guyenne, & depuis
à Sa Majesté & à ses Predecesseurs, lesquels il approuve, comment peut-il dire
que les Dus de Guyenne n'avoient pas le pouvoir de faire d'infeodation en
faveur des Maire & Jurats? & comment peut-il dire que la Coûtume de Bordeaux prohibe les infeodations & les baux à cens? puis qu'il demeure d'accord
qu'il y a un chapitre dans ladite Coûtume intitulé des droits des Seigneurs
feodaux, fonciers & directs, qui justifie que dans ladite Coûtume on peut
bailler à fiefs & à cens.

DIXIE'ME OBJECTION.

*Le Procureur Syndic de la Ville de Bordeaux ayant formé opposition au decret des
biens de Geneste situez la plus grande partie dans la Parroisse de Villenave dépen-
dante de la Comté d'Ornon pour être colloqué pour les droits seigneuriaux qu'il prétendoit sur les biens saisis par l'Arrest du Parlement de Bordeaux, qui colloque divers
Seigneurs de fief pour leurs cens & rentes, il a été ordonné avant faire droit de l'opposition dudit Procureur Syndic qu'il rapporteroit en bonne & deuë forme les pieces
justificatives de la directe de la Ville de Bordeaux, & indiqueroit specifiquement
les biens compris dans ladite saisie par luy prétendus mouvans de ladite directe, d'où
le Controlleur General du Domaine infere que par ledit Arrest il a esté jugé que ladite
Ville n'étoit pas fondée dans la directe generale sur lesdits biens, parce que si elle avoit
eu une telle directe, il eût été inutile d'ordonner que ledit Syndic rapporteroit les titres
de la directe de la Ville en bonne & deuë forme, & indiqueroit specifiquement les
biens sur lesquels il demandoit les droits seigneuriaux.*

REPONSE.

L'Arrest du Parlement de Bordeaux n'étant qu'un interlocutoire ne blesse
point le droit de la Ville de Bordeaux, parce qu'en execution d'iceluy on pouvoit relever le droit de directe generale qu'elle a dans ladite Comté d'Ornon,
qui n'avoit pas été établi au procés, il paroît même que l'on n'avoit produit
que des pieces informes, puisque le Parlement ordonne que le Procureur Syndic rapportera en bonne forme les pieces justificatives de la directe de la Ville.

Et si bien les Maire & Jurats n'ont pas en execution dudit Arrest rapporté aud. Parlement la preuve de leur directe generale dans la Comté d'Ornon, dans laquelle les biens compris dans ledit decret sont situez, c'est parce qu'il se meut d'abord procés entre le Fermier du Domaine, l'Adjudicataire desdits biens & lesdits Maire & Jurats au sujet des lots & ventes de ladite acquisition qui fut porté devant le Sieur de Ris lors Intendant de Bordeaux, & ensuite au Conseil, où l'Instance fût retenuë ; si bien que le Conseil étant nanti de la cause, il eût été inutile d'aller au Parlement, & il suffit que les Maire & Jurats ayent rapporté au Conseil la preuve de leur directe generale dans ladite Comté d'Ornon & autres Seigneuries de la Ville, pour que la directe des biens compris dans led. decret de Geneste soit declarée leur appartenir, puisque toutes les parties conviennent qu'ils sont situez dans la Comté d'Ornon ; ainsi c'étoit au Fermier du Domaine de justifier que lesdits biens sont mouvans de Sa Majesté, s'il prétendoit que les lots & ventes dudit decret luy fussent dûs, & ne l'ayant pas fait, les Maire & Jurats ne sçauroient être mieux fondez dans l'appel qu'ils ont interjetté des Ordonnances dudit Seigneur de Ris Intendant, & de son Subdelegué de l'année 1685. qui ont condamné l'acquereur desdits biens de payer les lots & ventes de son acquisition au Fermier du Domaine, ensemble dans l'appel qu'ils ont fait de toutes les autres Ordonnances qui ont condamné divers particuliers possedants dans la Comté d'Ornon & autres Seigneuries de la Ville, de payer les lots & ventes audit Fermier, & de passer leur declaration au Papier Terrier de Sa Majesté sans avoir justifié de la directe de Sa Majesté.

Ces mêmes raisons que Sa Majesté n'est pas fondée dans la directe generale desdites Seigneuries de la Ville de Bordeaux, & qu'elle appartient à lad. Ville, condamnent l'appel que Maître Nicolas Charpantier l'un des Fermiers a fait de l'Ordonnance de M. de Seve lors Intendant dans la Province de Guyenne, du 14. Janvier 1673. par laquelle il déchargea tous les particuliers des biens situez dans lesdites Seigneuries des assignations qui leur avoient été données à la Requête du Fermier du Domaine, & cet appel est d'autant plus temeraire que lad. Ordonnance est conforme à l'Arrest du Conseil d'Etat du 4. dud. mois de Janvier, qui défend aux Commis preposez pour la confection du Papier Terrier de Sa Majesté de faire assigner indifferament toute sorte de personnes pour aller declarer s'ils relevoient de la directe de Sa Majesté ou non, & leur enjoint de n'assigner que ceux qui sont de sa mouvance.

Le Fermier ne peut point excuser son appel, en alleguant que ledit Arrest du 4. Janvier 1673. n'est que pour le Papier Terrier de la Ville de Paris ; car outre qu'il y a la même raison pour le Papier Terrier de Bordeaux, c'est que led. Arrest porte en termes formels qu'il a été donné pour servir de Reglement dans toutes les Provinces du Royaume, aussi les Lettres du grand Sceau expediées pour l'execution d'iceluy sont adressées en termes generaux & indéfinis aux Commissaires départis dans les Provinces & Generalitez du Royaume.

Le troisième chef du procés regarde les Padoüens de la Ville & de la Banlieuë de Bordeaux, & notament la Pâlu appellée de Bordeaux. Pour comprendre la question, il est necessaire de remarquer que dans l'ancien langage de Bordeaux, de même que dans le Gloſſaire de Ducange & dans l'Indice de Ragueau, le terme de Padoüen ſignifie un Vacant, une Terre vaine, vague & inutile qui ne peut ſervir que pour le pâturage, tandis qu'elle reſte dans cet état. Il faut auſſi obſerver qu'on appelle la Pâlu de Bordeaux une contrée qui étoit autrefois couverte de joncs, de roſeaux & autres herbes que les eaux qui y croupiſſoient, rendoient inculte, & cauſoient ſouvent des maladies trés-fâcheuſes à ladite Ville, ce Territoire faiſant partie des Padoüens de la Banlieuë, fut donné par les Maire & Jurats à fief & à cens à un nommé Conrard Gauſſen par Contrat du 18. Octobre 1599. à la charge de le deſſeicher, ce qu'il fit.

La queſtion dans ce chef eſt de ſçavoir à qui appartient la proprieté & la directe de ces ſortes de Terres, ſi c'eſt à Sa Majeſté ou à la Ville de Bordeaux ; on va expliquer les raiſons & les titres ſur leſquels ladite Ville établit ſon droit, enſuite on répondra aux objections que le Fermier & le Controlleur General du Domaine ont fait.

Le droit de ladite Ville pour les Padoüens qui ſont dans icelle & joignans les murs, eſt établi ſur les Lettres d'Edoüard fils aîné du Roy d'Angleterre, Duc de Guyenne de l'année 1262. par leſquelles il conſent que les Maiſons que les Habitans de Bordeaux avoient fait bâtir ſur & joignant les murs de ladite Ville, reſtent en pied, & leur permet d'y en bâtir d'autres, & encore ſur le jugement donné en execution deſd. Lettres du 28. Octobre de ladite année 1262. par quatorze Juges commis par ledit Prince, dans leſquels leſd. Commiſſaires aprés avoir expliqué en quoi conſiſtoient leſdits Padoüens ſituez dans la Ville, declarent que tous leſdits Padoüens appartiennent à la Ville : *De omnibus autem locis quæ dicimus eſſe Paduenta, dicimus quod debent eſſe & ſunt Villæ Paduenta.*

Pour les Padoüens de la Banlieuë leur droit eſt fondé ſur leur qualité de Seigneurs Hauts-Juſticiers de ladite Banlieuë & des quatre Seigneuries ſituées dans icelle ; car c'eſt une maxime certaine dont toutes les Parties conviennent que regulierement les Vacans, les Terres vaines & vagues appartiennent au Seigneur Haut-Juſticier dans l'étenduë de ſa Seigneurie.

Et ce qui doit faire ceſſer toute ſorte de difficulté, tant à l'égard des Padoüens de la Ville, que de ceux de la Banlieuë, c'eſt que par les Lettres de Jean fils du Roy d'Angleterre, Duc de Guyenne du 22. Mars 1394. & par celles de Henri auſſi Roy d'Angleterre, Duc de Guyenne du mois d'Avril 1401. il a été permis aux Maire & Jurats de bâtir ſur les Padoüens de la Ville & de la Banlieuë, & de les bailler à fief & à cens au profit de la Ville, en payant annuellement un marc d'argent au Duc de Guyenne par forme de reconnoiſſance, & à la charge de laiſſer un eſpace entre les murs & les Padoüens, pour que des gens armez à pied & à cheval puiſſent paſſer pour la défenſe de la Ville.

Ils ont été confirmez & maintenus dans le droit & dans la poſſeſſion deſdits Padoüens par le traité de la reduction de ladite Ville ſous la domination de la France de l'année 1451. par lequel tous les Habitans de ladite Ville & de la Duché de Guyenne ont été maintenus dans la poſſeſſion des droits, Domaines & Seigneuries dont ils joüiſſoient ſous le Regne des Anglois, & par exprés dans toutes les conceſſions & tous les dons qui leur avoient été faits par les Rois d'Angleterre.

Ils ont encore depuis été confirmez & rétablis dans la poffeffion defdits Padoüens par les Lettres du Roy Henry II. du mois d'Aouft 1550. qui portent par un article exprés que les Padoüens de la Ville & de la Banlieuë appartiendront à ladite Ville, en payant par chacun an deux nobles, ainfi qu'il étoit accoûtumé faire avant l'Arreft de confifcation de l'année 1548.

A quoi l'on ajoûte que Sa Majefté par fes Lettres de l'an 1643. a confirmé ladite Ville dans tous fes droits & privileges, à la veuë de tous lefquels titres on ne peut pas douter que les Maire & Jurats ne foient fondez dans la proprieté & dans la directe de tout ce qui s'appelle Padoüen & Vacant de ladite Ville & de la Banlieuë d'icelle.

Contre un droit auffi folidement établi le Fermier & le Controlleur General du Domaine ont fait un grand nombre d'objections aufquelles on va répondre fuccintement.

PREMIERE OBJECTION.

Les Padoüens, les Vacans, les Terres vaines & vagues font au Seigneur Haut-Iufticier, & par cette raifon les Padoüens & les Vacans de la Ville & de la Banlieuë de Bordeaux appartiennent à Sa Majefté, attendu que la Iuftice de ladite Ville & de la Banlieuë d'icelle lui appartient.

REPONSE.

On convient de la maxime que les Padoüens appartiennent regulierement aux Seigneurs Hauts-Jufticiers, & c'eft une des raifons fur lefquelles les Maire & Jurats fondent leur droit fur les Padoüens fituez dans leurs quatre Seigneuries & dans le reftant de la Banlieuë, comme en étant les Seigneurs Hauts-Jufticiers, ainfi qu'ils ont fait voir ci-deffus, mais indépendament de cette qualité, les Ducs de Guyenne leur ayant donné comme il a été dit, la faculté de bailler à fief & à cens, tant les Padoüens de la Ville que ceux de la Banlieuë, par lefdites Lettres de 1394. & 1401. en payant une redevance d'un Marc d'Argent; le Fermier du Domaine ne peut point en contefter ni la proprieté ni la directe par le pretexte de ce qu'il prefuppofe que les Padoüens font dans la Juftice de Sa Majefté, puifque les Ducs de Guyenne s'en font demis en leur faveur par lefdits titres de 1394. & 1401.

SECONDE OBJECTION.

Le titre de 1262. qui concerne les Padoüens de la Ville, eft fi peu veritable que dans l'aveu fourni par les Maire & Jurats au Roy d'Angleterre en 1273. de tout ce qu'ils poffedoient, ils n'ont point fait mention defaits Padoüens, ni n'ont point dit qu'ils les tenoient à foi & hommage du Roy d'Angleterre, au contraire ils ont dit qu'ils n'avoient point de fief, & qu'ils n'avoient que l'ufage des Padoüens, ce qui les exclud de tout le droit de proprieté & de directe, qu'ils prétendent avoir fur les Padoüens, tant de la Ville que de la Banlieuë.

REPONSE.

On a ci-deffus remarqué que les Maire & Jurats étoient dépoffedez en ladite

L

année 1273. de la Banlieuë de la Juftice d'icelle, & de tous les autres droits & devoirs feigneuriaux en dépendans, & par confequent des Padoüens qui en étoient une dépendance. 2°. Les Ducs de Guyenne ne leur avoient pas encore accordé la faculté de bailler à fief & à cens lefdits Padoüens, & ainfi on ne doit pas être furpris fi les Maire & Jurats ne declarerent pas dans ledit aveu de 1273. qu'ils tenoient lefdits Padoüens à foi & hommage du Duc de Guyenne, & s'ils dirent feulement que le Prince leur en permetoit l'ufage, mais ayant depuis ladite année 1273. recouvré ladite Banlieuë & les quatre Seigneuries fituees dans icelles avec tous les droits & devoirs Seigneuriaux en dépendans, dont lefdits Padoüens faifoient partie, & les Ducs de Guyenne leur ayant encore permis d'infeoder & bailler à cens les Padoüens de la Ville & de la Banlieuë par les titres de 1394. & 1401. le Fermier ne peut tirer aucun avantage dudit aveu de 1273.

TROISIE'ME OBJECTON.

La conceffion des Padoüens faite en faveur des Maire & Jurats par les Lettres de 1394. & 1401. eft nulle. Premierement, parce que Jean fils du Roy d'Angleterre Duc de Guyenne, n'étant pas lui-même Duc de Guyenne ne pouvoit pas aliener le Domaine de la Duché. En fecond lieu, parce que ladite conceffion a été faite aufdits Maire & Jurats fans qu'ils ayent payé de finance pour deniers d'entrée. En troifiéme lieu, parce que ladite conceffion eft vague fans aucune defignation ni limitation des Padoüens. En quatriéme lieu, parce que les Ducs de Guyenne ne pouvoient pas démembrer leur Duché.

RE'PONSE.

Si le Fermier du Domaine avoit pris la peine de bien lire les Lettres de Jean fils du Roy d'Angleterre, il auroit trouvé qu'il étoit luy-même Duc de Guyenne & non le Roy d'Angleterre fon pere, *Ioannes filius Angliæ Dux Aquitaniæ;* ainfi il a pû faire la conceffion contenuë dans les Lettres du 22. Mars 1394.

2°. Quand il faudroit raifonner de la Duché de Guyenne étant fous la puiffance des Ducs comme du Domaine de la Couronne, le Fermier du Domaine ne pourroit pas prétendre que l'infeodation des Padoüens faite par les Lettres de 1394. & 1401. fût nulle pour avoir été faite fans payer finance, parce qu'il ne trouvera pas que cela foit prohibé par les anciennes Ordonnances.

Il eft vrai que par les derniers Edits il eft ordonné que ceux qui voudront prendre de ces fortes de Terres dépendantes de la Couronne à fief ou à cens, feront tenus de payer une finance pour droit d'entrée; mais ces Edits ne font aucune confequence pour les anciennes infeodations faites avant l'Edit de Moulins du mois de Fevrier 1566. moins encore pour les infeodations faites par les Ducs de Guyenne & autres Seigneurs, parce que comme il a été dit ci-deffus le domaine de la Duché de Guyenne avant qu'elle fût reünie à la Couronne, n'étoit pas le Domaine de nos Rois, & étoit le veritable Domaine des Ducs, de même que le Domaine de nos Ducs d'àprefent, de nos Marquis & de nos autres Seigneurs, font leur veritable Domaine, autrement il faudroit dire que toutes les Seigneuries feroient du Domaine de la Couronne, & détruire la Loy du Royaume qui a rendu les fiefs hereditaires & patrimoniaux, toutes les Seigneuries & tous les fiefs relevent bien de Sa Majefté mediate-ment ou immediatement, mais la proprieté en appartient aux Seigneurs parti-culiers & aux Vaffaux qui les poffedent, lefquels ont la liberté d'en foufinfeo-der ou bailler à cens une partie par l'ufage general du Royaume.

C'eft inutilement que le Fermier du Domaine allegue que dans l'infeodation de 1394. & 1401. on n'a pas defigné ni particularife les Padoüens de la Ville & de la Banlieuë, car lefd. Padoüens n'étant pas du Domaine de la Couronne, le Fermier n'eft pas partie pour contefter la forme de ladite infeodation.

Et puis qu'il eft permis de faire des legs univerfels de fes biens fans defigna-tion particuliere, & qu'il eft auffi permis de vendre fes biens en termes gene-raux, pourquoi ne feroit-t'il pas permis d'infeoder en termes generaux & indé-finis les Padoüens fituez en certain endroit?

Si les Ducs de Guyenne avoient infeodé un Padoüen particulier, il auroit été neceffaire de l'indiquer, mais ayant infeodé en termes indéfinis les Padoüens de la Ville & de la Banlieuë, il n'étoit pas neceffaire d'entrer dans le détail de chaque Padoüen particulier, fur tout fi on reflechit que ces Terres font affez connuës & limitées par elles-mêmes & par la feule vûë des lieux, & ne peu-vent être confonduës avec les autres Terres qui font en culture & en valeur.

Le Fermier du Domaine peut d'autant moins fe recrier que cette infeodation vague donne lieu aux Maire & Jurats d'ufurper fur les fiefs de Sa Majefté, que tous fes fiefs dans la Ville & dans la Banlieuë font certains & connus, cela eft fi vrai qu'il a fait le denombrement & le détail au procés de tous les anciens fiefs qui appartenoient aux Ducs de Guyenne, lefquels il a tous trouvé, & a même produit un plus grand nombre d'hommages nouveaux rendus à fa Ma-jefté, que les Ducs n'en avoient reçû, ce qui fait voir que les Maire & Jurats n'ont pas ufurpé fur le Domaine de Sa Majefté, mais que c'eft le Fermier qui a ufurpé fur les fiefs de la Ville.

On convient que les Ducs de Guyenne ne pouvoient point démembrer leur Duché non plus que les autres Seigneurs leurs Seigneuries, fans le confente-ment du Seigneur dominant, qui étoient nos Rois, mais la permiffion donnée par les Ducs aux Maire & Jurats de bailler à fief & à cens les Padoüens n'eft point un démembrement de ladite Duché, parce qu'en donnant ladite permif-fion, les Ducs n'alienerent rien de la Duché, & ne firent que donner aux Maire & Jurats la permiffion de difpofer de ce qui leur appartenoit, les Pa-doüens de la Ville appartenoient fuivant les Lettres d'Edoüard de l'année 1262. & du Jugement rendu en execution d'icelles du 28 Octobre de ladite année 1262. & ceux de la Banlieuë en qualité de Seigneurs Hauts-Jufticiers.

Mais foit que ladite permiffion foit une alienation defdits Padoüens faite par les Ducs de Guyenne en faveur des Maire & Jurats, ou qu'elle ne le foit pas, elle ne peut jamais être un démembrement de la Duché, & ne peut être qu'une veritable infeodation qui n'opere point de démembrement.

Le démembrement d'un fief fe fait lorfque d'un fief on en fait deux indépen-dans l'un de l'autre, ce qui arrive lorfque le Seigneur aliene une partie de fon fief, fans retenir la foy & l'hommage ou la Seigneurie directe du fonds aliené;

voilà ce qui s'appelle démembrement ou depiecement de fief, comme nos Livres nous apprennent, & notament Dumoulin fur la Coûtume de Paris tit. des
fiefs §. 51. ce qu'on ne peut appliquer à la conceffion des Padoüens faite par les
Rois d'Angleterre en faveur de la Ville de Bordeaux, puis qu'ils retinrent par
devers eux la foy & hommage & une redevance feigneuriale d'un marc d'argent
tous les ans.

Et certainement il n'a jamais été douté en France, fur tout depuis que les
fiefs font devenus hereditaires & patrimoniaux, qu'il ne foit permis à toute
forte de Seigneurs, foient Ducs, Marquis & autres de foufinfeoder & bailler
à cens une partie de leur Domaine, & notament les Terres vaines & vagues
en retenant par devers eux la foi & hommage, ou la Seigneurie directe du fonds
baillé à cens, fi cela n'étoit pas permis il faudroit réünir à la Couronne tous les
arriere-fiefs & toutes les cenfives des Seigneuries & des fiefs du Royaume.

QUATRIE'ME OBJECTION.

*Les Ducs de Guyenne n'ont point retenu la foy & l'hommage des Padoüens dans
les titres de 1394. & 1401. & par confequent ces titres ne peuvent pas être regardez
comme une infeodation, & font un veritable démembrement de la Duché de Guyenne prohibé par les loix du Royaume.*

REPONSE.

Les Ducs de Guyenne ayant retenu par lefdites Lettres de 1394. & 1401. un
marc d'argent payable annuellement en reconnoiffance defdits Padoüens, ont
par là retenu la foy & l'hommage, c'eft la Doctrine de Maître Charles Dumoulin fur la Coûtume de Paris titre des fiefs, art. 51. glof. 2. n. 28. dont voicy
les termes, *in fubinfeodatione vel datione in cenfum eo ipfo ex natura actus ineft
retentio dominii & omnis dominicalis juris refpectu recipientis directi in re conceffa, &
fic non cenfetur fieri alienatio nec difmembratio feudi vel nulla inde caufatur apertura,
etiamfi concedens non exprefferit penes fe & ad onus fuum retinere fidelitatem rei con-
ceffæ refpectu fuperioris Patroni quia natura actus de fe hujufmodi retentionem & fu-
bordinationem importat etiamfi non dicatur*, ce qui ne fçauroit être plus formel.

Mais quand les Ducs de Guyenne n'auroient pas retenu la foy & l'hommage defdits Padoüens par lefdites Lettres de 1394. & 1401. comme ils ont pourtant fait en retenant annuellement un marc d'argent par forme de reconnoiffance, & quand on pourroit dire que lefdites Lettres avoient operé un démembrement, cela ne feroit aucun préjudice aux Maire & Jurats par cette raifon
d'une part que nos Rois qui étoient les Seigneurs dominans, & qui feuls auroient eû droit de s'y oppofer, ont approuvé la conceffion faite par lefd.Lettres
& que de l'autre c'eft une maxime certaine que lorfque le Seigneur dominant a
approuvé le démembrement fait par fon Vaffal, le démembrement fubfifte &
n'opere d'autre effet finon que le nouveau poffeffeur devient Vaffal immediat
du Seigneur dominant, au lieu qu'il l'auroit été de celuy qui auroit fait l'alienation s'il avoit retenu la foy & l'hommage.

Pour faire voir que nos Rois ont approuvé la conceffion faite par les Ducs
de Guyenne en faveur des Maire & Jurats par les titres de 1394. & 1401. on
employe

employe le traité de la reduction de la Ville de Bordeaux fous l'obéïffance du
Roy Charles V I I. de l'année 1451. par lequel ce Prince approuve & confirme
toutes les conceffions & tous les dons faits aux Habitans de ladite Ville par
les Rois d'Angleterre, on employe auffi les Lettres du Roy Henri II. du mois
d'Aouft 1550. par lefquelles il reftituë aux Maire & Jurats tous les droits &
Domaines qui avoient été confifquez à leur préjudice en l'année 1548. & par
exprés les Padoüens de la Ville & de la Banlieuë, en payant par chacun an deux
nobles, ainfi qu'il étoit accoûtumé auparavant l'Arreft de condamnation : ce
qui eft fans doute una approbation formelle de la conceffion des Padoüens
faite par les Ducs de Guyenne.

CINQUIE'ME OBJECTION.

*Le traité de 1451. ne contient aucune dérogation à la Loy generale du Royaume
qui empêche l'alienation du Domaine, quand cela fe pourroit fuppofer, cette dérogation auroit été revoquée par les Lettres Patentes de 1539. 1548. 1559. 1579.
& 1567. auffi quoyque les Iurats euffent produit ce même traité de 1451. lors
de l'Arreft du Confeil du premier Aouft 1682. ils ne laifferent pas de fuccomber.*

RE'PONSE.

Le traité de 1451. ne contient point un don fait par le Roy Charles aux
Habitans de Bordeaux, & par confequent n'eft pas fujet aux Ordonnances
qui revoquent les alienations du Domaine, il ne contient auffi rien qui foit
contraire aux Loix de l'Etat, pour qu'il falût y appofer des claufes dérogatoires
au contraire il lui a été trés avantageux, puifque par icelui la France a
acquis la Province de Guyenne.

On ne peut point dire que lefdits Arrefts du Confeil des années 1680. &
1682. ont donné quelque atteinte audit traité, puis qu'il ne s'agiffoit pas pour
lors d'aucun article dudit traité, mais feulement de fçavoir fi les Habitans de
la Province de Guyenne étoient obligez de donner la declaration des heritages qu'ils poffedent en franc-alû, & de rapporter les titres de leur franc-alû,
dont il n'eft fait aucune mention dans ledit traité.

SIXIE'ME OBJECTION.

*Le délaiffement des Padoüens fait par Henri II. par fes Lettres du mois d'Aouft
1550. eft un bail à cens, comme la redevance de deux nobles refervée par icelles le
juftifie ; cela peut d'autant moins fouffrir de difficulté que lefdites Lettres ne chargent
point les Maire & Iurats de la foi & hommage envers le Roy, ni ne leur donnent
pas la faculté de les bailler à fief & à cens : ce qui fait que les Particuliers aufquels
les Maire & Iurats en ont fait bail, doivent relever de Sa Majefté & en paffer leur
declaration à fon Papier Terrier.*

M

REPONSE.

Il n'étoit pas neceſſaire que le Roy Henri II. retint par les Lettres du mois d'Aouſt 1550. la foy & hommage ſur les Padoüens, attendu qu'il ne fit pas par leſdites Lettres une premiere conceſſion & un premier don deſd. Padoüens à la Ville de Bordeaux, les Rois d'Angleterre les avoient infeodez par les Lettres de 1394. & 1401. & le Roy Henri II. ne fit que remettre à la Ville leſdits Padoüens pour en joüir en la même forme & maniere qu'ils en joüiſſoient avant la confiscation ſans changer la nature deſdits Padoüens, ni déroger en aucune maniere à la conceſſion faite par les Rois d'Angleterre.

La retention qu'il fit de deux nobles annuellement n'altera pas la qualité deſdits Padoüens, ni ne les rendit roturiers dans la main des Maire & Jurats, parce que cette retention de deux nobles n'eſt qu'une ſubrogation à la place du marc d'argent que les Rois d'Angleterre avoient retenu lors de leur conceſſion, nonobſtant laquelle retention ils permirent aux Maire & Jurats de bailler les Padoüens à fief & à cens, ce qui fait voir que ladite conceſſion eſt une veritable infeodation, & non un bail à cens : dautant qu'on ne peut ſouſinfeoder ni bailler à cens que le fonds noble qui eſt tenu à foy & hommage.

La retention d'un marc d'argent où de deux nobles peut d'autant moins rendre ladite conceſſion roturiere, que nos Doĉeurs, & notament Dumoulin ſur la Coûtume de Paris *in præf. n.* 105. demeurent d'accord que la retention d'une redevance annuelle n'eſt pas incompatible avec le fief, & ne le rend pas roturier, auſſi par la Declaration du 8. Avril 1672. pour la vente & alienation des petits Domaines de la Couronne, Sa Majeſté veut qu'en donnant à foy & hommage les Terres vaines & vagues de ſon Domaine, il ſoit retenu à ſon profit une redevance annuelle d'un écu d'or ou telle autre qui ſera reglée par les Commiſſaires, la même choſe eſt encore ordonnée par Arreſt du Conſeil d'Etat du dernier Mars 1676. rendu en execution de ladite Declaration du 8. Avril 1672.

Or les Padoüens étant nobles dans la main des Maire & Jurats, il leur a été ſans doute permis de les ſouſinfeoder & bailler à cens, & il y auroit de l'incompatibilité que ceux à qui ils les ont donné étant Vaſſaux & cenſitaires de la Ville, paſſaſſent leur Declaration au Papier Terrier de Sa Majeſté.

C'eſt inutilement que le ſieur Contrôlleur general du Domaine a oppoſé dans ſa Requête du 13. Decembre 1701. que la Ville a perdu la mouvance des Padoüens pour les avoir baillé tous à cens, dautant qu'elle ne les a point tous baillé à cens, il y a encore un grand nombre de Landes, Vacans & Padoüens dans la Comté d'Ornon, dans la Baronie de Veirines & autres Seigneuries que la Ville poſſede, & encore dans le reſtant de la Banlieüe.

Mais quand les Maire & Jurats les auroient tous ſouſinfeodez ou baillez à cens, ils n'en auroient pas pour cela perdu la mouvance, parce que par les conceſſions des Rois d'Angleterre des années 1394. & 1401. il leur a été permis de les ſouſinfeoder tous, ou de les bailler à cens, *Paduenta ſeu eorum aliqua in feudum ſeu perpetuam emphiteuſim poſſint aliis tradere,* eſt-il dit dans leſdites Lettres, ce qui peut dautant moins ſouffrir de difficulté qu'ils retiennent le chef-lieu &

le corps de Seigneurie, qui eſt l'Hôtel de Ville & leurs Terres en juſtice.

SEPTIE'ME OBJECTION.

*Par les Statuts de la Ville de Bordeaux au titre des Prevôtez d'Eiſines, d'Ornon,
entre deux Mers & Veirines, fol. 27. les Padoüens deſdites Prevôtez appartiennent
partie aux Habitans des lieux & partie à des Particuliers, & partant il n'appartient
ni aux Maire & Iurats en qualité de Seigneurs Hauts-Iuſticiers deſd. Terres ni aux
Ducs de Guyenne; & par conſequent les Ducs de Guyenne ne pouvoient point en faire
la conceſſion auſdits Maire & Iurats, ſur tout aprés la confiſcation de la Guyenne
faite par le Roy Charles V. en l'année 1370. le Roy Henri II. ne pouvoit pas non plus
en faire le delaiſſement auſdits Maire & Iurats par les Lettres du mois d'Aouſt 1550.
au préjudice des Particuliers auſquels ils appartenoient; au moins les Maire & Iurats
n'ont pû les prendre que de la maniere qu'ils appartenoient auſdites Communes & aux
Particuliers, c'eſt à dire en roture.*

RE'PONSE.

Le Fermier du Domaine fait voir par cette objection qu'il ne ſçait à quoy ſe
tenir, puis qu'aprés avoir ſoûtenu fortement que les Padoüens de la Ville &
de la Banlieuë appartenoient au Duc de Guyenne, & qu'ils avoient enſuite paſſé dans la main de Sa Majeſté comme étant aux droits du Duc de Guyenne;
à preſent il ſoûtient qu'ils n'appartenoient pas au Duc, & veut perſuader qu'ils
appartenoient à des particuliers, ce qui ſuffit pour le faire débouter de ſes prétentions; car s'ils appartenoient à des particuliers, & non au Duc de Guyenne, le Fermier du Domaine n'a nul droit pour inquieter les Maire & Jurats,
& n'eſt pas partie pour relever le droit des particuliers, qui ne ſe plaignent
pas, & qui ne demandent rien.

Mais pour faire voir que les Statuts de la Ville de Bordeaux ne détruiſent
point le droit des Maire & Jurats, il ne faut que remarquer que par leſd. Statuts
leſdits Maire & Jurats font divers Reglemens par leſquels ils preſcrivent aux Habitans de leurs Seigneuries de quelle maniere ils doivent pâcager dans les Padoüens communs; ce qui juſtifie clairement qu'ils leur appartenoient en qualité de
Seigneurs Hauts-Juſticiers, parce que c'eſt aux Seigneurs en donnant la permiſ-
ſion de pâcager dans les Padoüens de leur Juſtice, de preſcrire la forme & la
maniere dont ils entendent que leurs Juſticiables en uſent.

Les conceſſions faites par les Ducs de Guyenne des Padoüens de la Ville &
de la Banlieuë, ne détruiſent pas non plus le droit que les Particuliers peuvent
avoir ſur quelques Padoüens dont il eſt parlé dans le Statut, parce que leſd. conceſſions ne diſpoſent pas des Padoüens qui appartiennent aux Particuliers, mais
ſeulement des Padoüens communs appartenans à la Ville & Communauté d'icelle.

La confiſcation de la Guyenne du Roy Charles V. de l'année 1370. ne donne
aucune atteinte auſdites conceſſions. 1. Parce que, comme il a été dit ci-deſſus,
elle ne fut point miſe à execution, & les Rois d'Angleterre ont reſté en poſſeſſion
de la Guyenne juſqu'en l'année 1451. qu'ils en furent chaſſez par le Roy Charles
VII. 2. Parce que, comme il a été dit, toutes les conceſſions faites par les Rois
d'Angleterre, ont été confirmées par le traité de la reduction de la Ville de Bor-

deaux de ladite année 1451. & enfin, parce que par les Lettres du Roy Henri II. du mois d'Aouſt 1550. les Maire & Jurats ont été expreſſement rétablis & confirmez dans la poſſeſſion & jouïſſance des Padoüens de la Ville & de la Banlicuë.

Il ne faut pas dire que le Roy Henri II. ne pouvoit pas leur délaiſſer leſdits Padoüens au préjudice des Habitans & des Particuliers auſquels ils appartenoient, dautant que par leſdites Lettres il ne leur laiſſa les Padoüens d'aucun Particulier, mais ſeulement les Padoüens communs qui appartenoient à la Ville & à la Communauté, en quoi il ne bleſſe le droit de perſonne, non plus que les conceſſions des Ducs de Guyenne.

Ce que le Fermier allegue que les Padoüens de la Ville & de la Banlieuë ſont une roture dans la main des Maire & Jurats, a été détruit ci-deſſus, où l'on a fait voir que les Ducs de Guyenne leur ayant permis de les bailler à fief & à cens, ils ne pouvoient pas le leur avoir baillé en roture, n'y ayant que le fonds noble qui puiſſe être ſouſinfeodé & baillé à cens.

HUITIE'ME OBJECTION.

Par les titres de 1394. & 1401. les Maire & Iurats doivent payer pour la reconnoiſſance des Padoüens un marc ſterlin d'argent qui vaut environ 400. liv. par an; & neanmoins ils prétendent n'être tenus ☛ de payer ſuivant les Lettres de Henri II. de l'an 1550. que deux nobles à la roſe, qui ne revient qu'à peu de choſe; ils ne font pas même voir qu'ils ayent payé ni ledit marc ſterlin ni les deux nobles à la roſe.

RE'PONSE.

Le Fermier du Domaine ſe trompe lors qu'il prétend que le marc d'argent dont il eſt parlé dans la conceſſion de Jean Duc de Guyenne de l'an 1394. & dans celle de Henri de l'an 1401. eſt de la valeur de plus de 400. liv. car le marc d'argent n'a pas été toûjours de même valeur; il a augmenté ou diminué ſuivant la volonté des Princes. Dans le temps deſd conceſſions qui ſont des années 1394. & 1401. il ne valoit que 6. liv. quelques ſols, comme il nous eſt appris par Ducange dans ſon Gloſſaire, *in verb. Marca*; ce qui quadre aſſez avec la Chronique de Bordeaux qui remarque que les deux nobles à la roſe qui ont été ſubrogez à la place du marc d'argent mentionné dans leſdites conceſſions, ſont de la valeur de 6. liv. 13. ſ. & 4. deniers.

Mais quand le marc d'argent auroit valu plus de deux nobles ce que le Fermier ne juſtifie pas, il ne pourroit pas neanmoins ſe recrier ſur la moins valeur, parce que tout Seigneur de fief peut diminuer les droits ſeigneuriaux & décharger ſes Vaſſaux & ſes Cenſitaires d'une partie de la redevance, au lieu qu'il ne ne peut pas les augmenter, l'augmentation étant illicite & une ſurcharge odieuſe, prohibée par les Lois & par les Ordonnances.

Le Fermier a tort d'alleguer que les Maire & Jurats ne juſtifient pas avoir payé les deux nobles à la roſe, parce qu'on a produit au procés la quittance pour l'année 1643. & ſuivantes juſques en l'année 1666. & le Fermier trouvera pour les années precedentes les quittances énoncées dans le veu de l'Arreſt du

Conſeil

Confeil du premier Aouft 1680. qu'il a lui-même produit , & pour les années
qui ont couru depuis l'année 1666. il n'a tenu qu'aux Fermiers de recevoir le
payement , mais comme le procés d'entre les parties commença quelques
années après , ils n'ont pas voulu recevoir ledit payement lequel on ne leur a
pas refufé.

D'ailleurs c'eft un principe certain que le défaut du payement des droits
feigneuriaux ne prive ni le Seigneur ni le Vaffal de leur droit, quelque long-
temps qui fe foit écoulé fans qu'ils ayent été payez, le Seigneur ni le Vaffal
ne prefcrivant pas l'un contre l'autre ; & tout ce que cela produit c'eft que le
Seigneur ne peut demander les arrerages que de 29. années, & que le Vaffal
eft expofé à la faifie feodale.

La queftion concernant la Pâlu de Bordeaux fe décide par les mêmes raifons que la queftion des Padoüens , attendu que les Pâlus incultes & non
deffeichées font des veritables Padoüens , c'eft à dire des terres vaines & vagues
qui ne peuvent fervir que de pâturage tandis qu'elles font incultes ; elles font
mifes dans ce rang par l'Edit de Moulins du mois de Fevrier 1566. & comme
la Pâlu de Bordeaux avant être deffeichée étoit de cette efpece, & qu'elle eft
fituée dans la Banlieuë de Bordeaux, il s'enfuit qu'elle appartient aux Maire
& Jurats comme faifant partie des Padoüens de ladite Banlieuë.   Voici les
objections du Fermier du Domaine.

PREMIERE OBJECTION.

*Toutes les Pâlus du Royaume appartiennent au Roy fuivant l'Ordonnance de
Moulins de l'année 1566. & par cette raifon la Pâlu de Bordeaux eft du Domaine
de Sa Majefté, & n'appartient point aux Maire & Iurats.*

REPONSE.

L'Edit de Moulins ne dit point que toutes les Pâlus du Royaume appartiennent à nos Rois, recours à la lecture dudit Edit, & pour preuve que jamais
nos Rois n'ont eu cette prétention, on employe l'Edit du Roy Henri le Grand,
donné à Fontainebleau le 8. Avril 1599. qui porte en termes formels que
*toutes les Pâlus & Marais du Royaume , tant dépendans de fon Domaine & à lui
appartenans, que ceux appartenans aux Ecclefiaftiques , Gens Nobles & Tiers-Etat,
affis & fituez le long des Mers, Rivieres & ailleurs,feront deffeichez*, on employe
l'Edit du mois de Janvier 1607. donné en execution de celui du 8. Avril 1599.
la Declaration du 5. Juillet 1613. celle du 3. Decembre 1614. & la Declaration du mois de Juillet 1643. qui font toutes divers Reglemens pour le deffei-
chement des Pâlus, tant dépendantes du Domaine de la Couronne, que de
celles qui appartiennent aux Gens d'Eglife, Seigneurs particuliers & Communautez, ce qui juftifie nettement que toutes les Pâlus du Royaume n'appartiennent pas au Roy.

SECONDE OBJECTION.

*Aucun des titres fur lefquels les Maire & Iurats fondent leur prétention fur les
Padoüens de la Ville & de la Banlieuë, ne parle de la Pâlu de Bordeaux, ce qui eft
une preuve qu'elle ne leur appartient pas.*

N

REPONSE.

Il n'eft pas furprenant fi les titres fur lefquels les Maire & Jurats établiffent leur droit fur les Padoüens de la Banlieuë, ne parlent pas de ladite Pâlu, puis qu'aucun d'iceux ne fait le détail & le denombrement defdits Padoüens, & que tous lefdits titres leur donnent fimplement en termes generaux & indéfinis les Padoüens de la Ville & de la Banlieuë, c'eft ainfi que font conçûës les Lettres de Jean Duc de Guyenne de l'an 1394. celles de Henri Roy d'Angleterre auffi Duc de Guyenne de l'an 1401. & celles du Roy Henri II. de l'année 1550. & il fuffit que lad. Pâlu avant qu'elle fût deffeichée fût un veritable Padoüen, & qu'elle foit fituée dans la Banlieuë, pour qu'elle foit comprife dans les conceffions des Padoüens faites en faveur des Maire & Jurats.

TROISIE'ME OBJECTION.

Sur les débats & les conteftations qui étoient entre le Comte de Longueville Captal de Buch, & lefdits Maire & Iurats pour la Pâlu de Bordeaux, lad. Pâlu fut declarée appartenir audit Captal de Buch par un Iugement de l'année 1447. & neanmoins elle fut délaiffée au Roy d'Angleterre qui donna audit Captal de Buch en recompenfe les Terres de Blagnac & de Genfac, & par cet échange le Roy d'Angleterre devint proprietaire de ladite Pâlu, & l'a tranfmife à nos Rois en qualité de Ducs de Guyenne.

REPONSE.

Le Jugement de 1447. n'étoit pas un Jugement regulier, c'étoit un expedient propofé pour tâcher d'accommoder les parties d'une maniere qu'elles en fuffent toutes fatisfaites, mais cet expedient n'agrea pas aux Maire & Jurats, parce qu'on les dépoüilloit de leur Domaine; auffi le procés ne prit pas fin par ledit expedient, les pourfuites en furent reprifes, & il ne fut terminé qu'en l'année 1600. par la tranfaction que les Maire & Jurats pafferent avec le Duc d'Efpernon, fucceffeur du Captal de Buch; ainfi ce prétendu expedient ayant été infirmé par ladite tranfaction, par laquelle les deux tiers de la Palû furent délaiffez aux Maire & Jurats, & l'autre tiers au Duc d'Efpernon, il ne peut faire aucun préjudice aux Maire & Jurats.

Mais ils en tirent un argument trés-folide contre le Fermier du Domaine, car par ledit Jugement ladite Pâlu ayant été declarée appartenir de tout temps au Captal de Buch, il s'enfuit qu'elle n'appartenoit pas au Duc de Guyenne, & par confequent qu'il n'a pû la tranfmettre à nos Rois.

Il ne faut point que le Fermier allegue que ladite Pâlu fût acquife au Roy d'Angleterre par l'échange qu'il fit avec le Captal de Buch de ladite Pâlu, avec les Seigneuries de Blagnac & de Genfac; car premierement ladite Pâlu n'appartenoit pas au Captal de Buch, & appartenoit aux Maire & Jurats, comme faifant partie des Padoüens de la Banlieuë, ce qui étoit un obftacle à ce prétendu échange.

2°. Quoique par ledit Jugement il foit dit que ladite Pâlu demeureroit pour toûjours faifie entre les mains du Roy d'Angleterre, comme luy appartenant , en donnant au Captal de Buch la garde des Châteaux de Blagnac & de Genſac, il ne paroît pas que ces deux Terres ayent été effectivement délaiſſées audit Captal, ni que le Roy d'Angleterre ſe ſoit mis en poſſeſſion de lad. Pâlu, au contraire il eſt juſtifié par le Traité fait avec le Roy Louïs XI. & le Comte de Candale fils dudit Captal de Buch du 17. May 1462. que parmi les Terres qui avoient été ſaiſies au préjudice dudit Comte de Candale pour avoir ſuivi le parti des Anglois, & qui luy furent reſtituées par ledit Traité, le Roy Louïs XI. lui reſtitua ladite Pâlu, & non leſdits Châteaux de Blagnac & de Genſac, dont il n'eſt fait aucune mention dans ledit Traité, après lequel délaiſſement on ne voit pas que le Fermier du Domaine puiſſe ſoûtenir que ladite Pâlu appartient à Sa Majeſté, ni comment il peut inquietter les Maire & Jurats qui ont acquis partant que de beſoin le droit dudit Comte de Candale par la Tranſaction paſſée avec ledit Duc d'Eſpernon ſon ſucceſſeur, par laquelle les parties ſe ſont fait reſpectivement ceſſion les uns aux autres des droits qu'ils avoient ſur ladite Pâlu.

QUATRIE'ME OBJECTON.

Lorſque les Maire & Iurats ont voulu fonder le droit qu'ils prétendoient avoir ſur la Pâlu de Bordeaux contre le Duc d'Eſpernon dans la tranſaction du 20. Mars 1600. ils n'ont point dit qu'elle fût un Padoüen de la Ville & de la Banlieuë, ni qu'elle fût compriſe dans les conceſſions des Ducs de Guyenne, qui leur avoient permis d'infeoder & bailler à cens les Padoüens de la Ville & de la Banlieuë, ils n'ont allegué d'autre raiſon ſi ce n'eſt que ladite Pâlu étoit de leur Iuſtice; & comme cela n'eſt pas & qu'elle eſt effectivement de la Iuſtice de Sa Majeſté, il s'enſuit par le propre raiſonnement deſdits Maire & Iurats que ladite Pâlu appartient à Sa Majeſté; ce qui peut d'autant moins ſouffrir de difficulté que ledit Duc d'Eſpernon n'a point fait donation auſd. Maire & Iurats par ladite tranſaction des deux tierces de ladite Pâlu qu'ils veulent s'approprier.

RE'PONSE.

La Pâlu de Bordeaux eſt dans la Prevôté d'Eiſines, dont la Juſtice appartient aux Maire & Jurats, comme on a fait voir ci-deſſus, & par cette raiſon elle ne peut pas leur être conteſtée; mais indépendament du droit qu'ils onꞏ dans lad. Pâlu en qualité de Seigneurs Hauts-Juſticiers, les Ducs de Guyenne leur ont donné la faculté d'infeoder & bailler à cens les Padoüens de la Ville & de la Banlieuë, ce qui comprend la Pâlu de Bordeaux, ainſi il eſt inutile d'examiner ſi elle eſt dans la Juſtice du Roy ou dans celle de la Ville, puiſque de quelque maniere qu'il en ſoit elle eſt compriſe dans ladite conceſſion des Ducs de Guyenne.

L'omiſſion que leſdits Maire & Jurats pourroient avoir fait dans la narrative de la Tranſaction paſſée avec le Duc d'Eſpernon que ladite Pâlu leur appartenoit comme un Vacant & un Padoüen de la Banlieuë, ne feroit pas changer la nature de ladite Pâlu, ni n'empêcheroit pas qu'elle ne fût effectivement un Padoüen ſitué dans ladite Banlieuë, & qu'elle n'appartint aux Maire & Jurats, puiſque tous les Padoüens de ladite Banlieuë leur appartiennent.

Mais on ne peut pas dire qu'ils ont entierement omis d'en faire mention, dautant qu'à l'entrée de ladite Tranfaction il eft dit que les Maire & Jurats faifoient devoir & hommage au Roy de ladite Pâlu, & que la plûpart des poffeffions & heritages d'icelle étoient *des Terres, Ermes & Vacans*; car comme les Supplians payent annuellement au Roy deux nobles en reconnoiffance des Padoüens, qu'ils lui en ont fait hommage, & que d'ailleurs, ce terme *de Terres, Ermes & Vacans* ne fignifie autre chofe que les terres vaines, vagues & incultes, comme remarque Ragueau en fon Indice *in verb. Terre, Erme,* & encore le Dictionaire des Arts & Sciences de l'Académie fur le mot Erme, il eft évident qu'ils ont dans cet endroit parlé du droit qu'ils avoient fur ladite Pâlu comme Padoüens de la Ville; il eft vrai qu'ils auroient pû s'expliquer plus clairement: mais comme ils étoient d'acord avec le Duc d'Efpernon, & que les deux tiers de ladite Pâlu leur reftoient par ladite Tranfaction, ils fe mirent peu en peine d'étendre les raifons fur lefquelles ils établiffoient le droit qu'ils avoient fur ladite Pâlu.

Et ce n'eft point au Fermier à alleguer que les Maire & Jurats n'avoient pas de droit fur ladite Pâlu, aprés que leur droit a été reconnu par le Duc d'Efpernon, fucceffeur defdits Captal de Buch & Comte de Candale, aufquels les titres produits par le Fermier difent que la Pâlu appartenoit, moins encore peut-il alleguer que pour que les Maire & Jurats puffent avoir les deux tiers de la Pâlu, il auroit falu que le Duc d'Efpernon leur en eût fait donation; car Sa Majefté n'ayant rien fur ladite Pâlu, le Fermier n'eft pas partie legitime pour examiner fi la Tranfaction paffée entre le Duc d'Efpernon & les Maire & Jurats a été bien ou mal faite, il fuffit que pour éteindre le procés qui étoit entre les parties concernant lad. Pâlu, le Duc d'Efpernon ait convenu que les deux tiers d'icelle appartiendroient aux Maire & Jurats, & que l'autre tiers feroit pour luy, pour que les Maire & Jurats ne puiffent être inquietez dans leur poffeffion, fur tout à reflechir que par ladite Tranfaction les parties fe font refpectivement ceffion les uns aux autres de leurs droits.

CINQUIEME OBJECTION.

Le Roy a des fiefs & des cenfives dans la Pâlu de Bordeaux, il y a des particuliers qui y en ont auffi, & par cette raifon la proprieté ni la directe generale ne peuvent appartenir aufdits Maire & Iurats.

REPONSE.

Le Fermier n'a d'autres preuves des fiefs & des cenfives qu'il prétend que Sa Majefté a dans la Pâlu de Bordeaux, que des extraits des comptes tirez de la recepte de quelques Contables, ce qui n'eft pas fuffifant pour juftifier d'un fief ou d'une cenfive; & ces prétendus extraits de compte font d'autant plus inutiles qu'ils ne parlent pas de la Pâlu de Bordeaux, mais feulement en termes vagues de la Pâlu, ce qui ne conclud rien, y ayant aux environs de Bordeaux plufieurs Pâlus autres que celle qui porte le nom de la Pâlu de Bordeaux.

Mais quand Sa Majefté auroit quelque fief ou quelque cenfive dans ladite Pâlu appellée de Bordeaux, & que quelques autres particuliers y en auroient

auffi,

auffi, il ne s'enfuivroit pas que le reftant de la Pâlu appartiendroit à fa Majefté & aufdits particuliers ; & tout ce que le Fermier du Domaine pourroit préten-dre, c'eft que ce qui eft compris dans les titres qu'il a produits, refteroit dans le fief & dans la directe de Sa Majefté, & que ce que chaque particulier jufti-fieroit, refteroit auffi dans fon fief & dans fa cenfive, mais cela ne détruiroit pas le droit general des Maire & Jurats dans le reftant de ladite Pâlu, qui leur eft acquis en confequence des Lettres de Jean Duc de Guyenne de l'an 1394. & de celles de Henri Roy d'Angleterre, auffi Duc de Guyenne de l'an 1401. qui leur donnent pouvoir d'infeoder & bailler à cens les Padoüens de la Ville & de la Banlieuë, dont la Pâlu de Bordeaux fait partie.

SIXIE'ME OBJECTION.

La Pâlu de Bordeaux avant être deffeichée étoit une contrée noyée des eaux de la Garonne que le flux & reflux de la Mer couvroit & découvroit ; & comme elle n'eft qu'un relais de la Mer, & que tous les fleuves navigables appartiennent au Roy, ladite Pâlu lui appartient fans difficulté.

REPONSE.

Le Fermier & le Controlleur General du Domaine fe trompent dans le fait ; ce n'eft point le flux & le reflux de la Mer ni les eaux de la Garonne qui couvroient la Pâlu de Bordeaux avant qu'elle fût deffeichée ; fi cela avoit été, on ne l'auroit pas appellée une Pâlu, mais bien le rivage de la mer ou de la riviere, *eft enim litus maris quatenus hybernus fluctus maximus excurrit*, dit l'Empereur Juftinien dans fes Inftitutes *de rerum divifione* §. 2. ou pour parler le langage de l'Ordon-nance, *eft reputé bord & rivage de la mer tout ce qu'elle couvre & découvre pen-dant les nouvelles & pleines lunes, & jufqu'où le grand flot de Mars fe peut étendre fur les greves* : Ce font les termes de l'article premier du titre du rivage de la mer de l'Ordonnance touchant la Marine de l'année 1681. au lieu qu'une Pâlu n'eft autre chofe qu'un terrain bas où les eaux des Terres voifines fe déchar-gent, & où elles croupiffent, ne pouvant pas fe vuider à caufe que les Terres voi-fines font plus élevées.

Il eft fi peu vrai que la Pâlu de Bordeaux qui fut donnée à cens & rente par les Maire & Jurats par le contrat de l'année 1599. fut noyée par les eaux de la Ga-ronne & par le flux & reflux de la mer avant d'être deffeichée, qu'il y avoit entre ladite Pâlu & la riviere de Garonne un Territoire confiderable qui a été de toute ancienneté en culture, & qui n'étoit point noyé & couvert d'eaux ; cela eft connu de tous ceux du païs, & fe juftifie par la lecture du bail, par les tenans & aboutiffans qui font énoncez dans icelui qui ne font point portez jufqu'à la riviere.

Ce qui fait que ni le Sieur Controlleur du Domaine ni le Fermier ne peuvent point appliquer à ladite Pâlu la difpofition des Edits, Declarations & Arrefts du Confeil qui declarent appartenir à Sa Majefté les ifles, iflots, atteriffemens, &c. qui font formez par la Garonne, puifque ladite Pâlu n'eft point contiguë à ladite riviere, & qu'elle en eft feparée par un grand Territoire qui eft entre elle & ladite riviere.

SEPTIE'ME OBJECTION.

Troisiéme Chef con-
cernant la Pâlu de
Péricaux.

La Pâlu de Bordeaux n'est qu'une roture dans la main des Maire & Jurats, & quand elle auroit été un fonds noble, ils en auroient perdu la mouvance l'ayant toute baillée à fief & à cens ; à quoi ledit Sieur Controlleur General du Domaine ajoûte qu'il est dû à Sa Majesté un droit de garde de ladite Pâlu.

REPONSE.

La Pâlu de Bordeaux étant un Padoüen de la Banlieüe , & les Padoüens de la Ville & de la Banlieüe étant un fonds noble dans la main des Maire & Jurats, puisque par les concessions des Ducs de Guyenne des années 1394. & 1401. il leur a été permis de les infeoder & bailler à cens, on ne peut pas dire que ladite Pâlu est un fonds roturier dans leur main ; & le Fermier du Domaine le peut d'autant moins alleguer, qu'il a remarqué dans sa Requête du 22. Janvier 1704. que le Roy Loüis XI. s'étoit reservé la foi & l'hommage sur toutes les Terres & Seigneuries qu'il avoit restituées au Comte de Candale par le traité de 1462. parmi lesquelles est la Pâlu de Bordeaux.

Ce qu'il oppose que les Maire & Jurats n'ont pû bailler à fief & à cens toute la Pâlu & en retenir la mouvance , ne merite aucune attention, dautant que la Pâlu de Bordeaux n'est pas un fief particulier , un fief entier & complet , mais une partie d'un fief, c'est-à-dire une partie des Padoüens de la Banlieüe, dont il en reste encore une trés-grande quantité en nature de Padoüens ; ce qui fait qu'on ne peut pas dire que les predecesseurs desdits Maire & Jurats ont alienê la totalité d'un fief en sousinfeodant & baillant à cens toute la Pâlu. 2°. Par les concessions des Ducs de Guyenne il a été permis aux Maire & Jurats d'infeoder & bailler à cens au profit de la Ville tous les Padoüens par entier , comme étant de l'interêt public & du bien de l'Etat que cette sorte de Terres soit mise en valeur; ainsi quand on pourroit regarder la Pâlu de Bordeaux comme un fief particulier , ils auroient pû le bailler par entier à fief.

On ne peut pas alleguer qu'en le baillant à fief & à cens ils en ont perdu la mouvance, dautant que par le bail qu'ils en ont fait par le contrat du 18. Octobre 1599. ils s'en sont par exprés reservez la mouvance & la directe, avec un liard de rente par arpent ; & ainsi à moins que de vouloir renverser la Coûtume generale du Royaume qui permet aux Vassaux de donner une partie de leur fief en arriere-fief & à cens & rente , on ne peut point contester aux Supplians la mouvance & la directe de ladite Pâlu.

A l'égard de ce que le Controlleur general du Domaine allegue qu'il est dû au Roy un droit de garde sur lad. Pâlu ; on ne voit pas le fondement de sa prétention , s'il se fonde sur ce que la Pâlu fut saisie & mise sous la main du Roy d'Angleterre en l'année 1447. lors des contestations survenües entre le Comte de Longueville Captal de Buch , & les Maire & Jurats ; pour toute réponse on remontre que nos Rois mettant dans leur main souveraine une chose contestée entre leurs Sujets n'ont jamais pris de droit de garde, & qu'il s'est écoulé plus de 250. ans depuis cette sequestration, sans que nos Rois ayent rien demandé ; d'ailleurs par le Traité du 17. May 1462. le Roy Loüis XI. remit ladite Pâlu au Comte de Candale fils dudit Captal du Buch sans aucune reservation du droit de garde.

DERNIERE OBJECTION.

L'Edit du mois d'Avril 1667. pour la reünion à la Couronne de tous les Domaines alienez, porte que ceux qui sont en possession des Terres vaines & vagues, Landes, Marais, Estangs, Communes & autres baillées à deniers d'entrée, à cens, rente & redevances par infeodation, seront tenus de representer les titres & baux de leurs concessions pour être pourvû à leur remboursement, ou les y maintenir ainsi qu'il sera jugé par le Conseil; en execution dudit Edit le Fermier du Domaine demande à rentrer dans la possession de la Pâlu de Bordeaux & autres Padoüens de lad. Ville & Banlieuë infeodez par les Ducs de Guyenne sans aucun remboursement, attendu que par les concessions qui leur ont été faites par les Ducs de Guyenne ils n'ont payé aucuns deniers d'entrée, & il prétend encore que les particuliers qui sont en possession de ladite Pâlu & autres Padoüens soient taxez pour être confirmez dans leur possession suivant l'Edit du mois d'Octobre de 1691. fait pour la confirmation des possesseurs des Domaines alienez.

REPONSE.

Il y a de la contrarieté dans la demande du Fermier, en ce que d'un côté il conclud à la reünion au Domaine de la Pâlu de Bordeaux, & des autres Padoüens de la Ville & Banlieuë d'icelle, & que de l'autre il prétend que les particuliers qui les possedent soient taxez pour être confirmez dans leur possession, car s'ils doivent être confirmez moyennant une taxe, la reünion au Domaine ne peut pas être demandée.

Mais on va faire voir que le Fermier du Domaine ne peut demander ni l'un ni l'autre par une double raison; La premiere, c'est que depuis l'Edit mois d'Avril 1667. & depuis celuy du mois de Decembre 1691. les infeodations faites avant l'année 1566. ont été confirmées par une Declaration du 13. Aoust 1697. & par l'Edit du mois d'Avril 1702. concernant l'alienation des Domaines de la Couronne, il n'y a que les acquereurs posterieurs à ladite année 1566. qui doivent être taxez pour être confirmez dans leur possession; bien plus, par ladite Declaration du 13. Aoust 1697. & par l'Edit du mois de May 1702. les possesseurs des Terres vaines & vagues ont été confirmez purement & simplement, quoique l'infeodation soit posterieure à l'année 1566.

Et par cette raison, quand on pourroit considerer l'infeodation faite par les Ducs de Guyenne des Padoüens de la Ville & de la Banlieuë faite és années 1394. & 1401. comme une infeodation du Domaine de la Couronne, le Fermier ne pourroit prétendre ni la revocation de ladite infeodation ni que les particuliers qui possedent ladite Pâlu & les autres Padoüens soient taxez pour être confirmez dans leur possession.

La seconde raison, c'est que l'Edit du mois d'Avril 1667. & celuy de 1691. ne sont que pour les Domaines alienez de la Couronne, & ne regardent pas les infeodations faites par les Seigneurs, lesquelles sont approuvées par la Coûtume generale du Royaume, qui permet à toute sorte de Seigneur de sousin-

feoder & bailler à cens une partie de leur Domaine, & par conféquent l'infeodation des Padoüens de la Ville & de la Banlieuë de Bordeaux n'ayant pas été
faite par nos Rois, mais bien par les Ducs de Guyenne, lefdits Edits ne peuvent
jamais avoir d'application à la caufe.

En effet, lorfque Sa Majefté a voulu rentrer dans les Domaines alienez de
la Provence, elle a ordonné par fon Arreft du Confeil d'Etat du dernier Decembre 1665. & encore par le bail fait à François Euldes Fermier general
de fes Domaines du 10. Juin 1666. & par autre Arreft du Confeil d'Etat du
même jour 10. Juin 1666. qu'elle entendoit rentrer dans les Domaines alienez
depuis l'union de la Comté à la Couronne : mais elle n'a point touché aux alienations faites par les Comtes de Provence avant l'union.

Lorfque Sa Majefté a encore voulu rentrer dans les Domaines alienez de la
Duché de Bretagne, Elle a ordonné la même chofe par les Arrefts du Confeil
d'Etat, du 2. Juillet 1668. & 26. Octobre 1669. qu'Elle entendoit rentrer
dans les Domaines de la Duché de Bretagne alienez depuis l'union de ladite
Duché à la Couronne : mais elle n'a point non plus parlé des alienations faites
par les Ducs, parce que, comme il a été dit, depuis que les fiefs font devenus
hereditaires & patrimoniaux, les Domaines des Duchez & des autres Seigneuries, ne font pas le Domaine de la Couronne, mais font le Domaine & le patrimoine des Ducs & des autres Seigneurs, autrement il faudroit dire que tout
eft du Domaine de la Couronne, & en même temps détruire tous les fiefs &
toutes les Seigneuries du Royaume.

L'Arreft du Confeil du 5. Octobre 1566. par lequel il a été jugé que Sa Majefté pouvoit rentrer dans les Domaines de la Provence alienez à titre d'engagement par les Comtes de Provence, n'eft point contraire aux Arrefts ci-deffus,
parce que c'eft une maxime certaine, que non feulement les Princes, mais
encore les particuliers peuvent en tout temps retirer les heritages qu'ils ont
donné en engagement en rembourfant la fomme prêtée, fans que l'engagifte
puiffe fe défendre par prefcription ni par aucun laps de temps, non pas même
par mille ans, dit Dumoulin dans fon Confeil 41. n. 4.

Ainfi lorfque Sa Majefté a retiré les Domaines alienez à titre d'engagement
par les Comtes de Provence, elle n'a fait que fe fervir du droit commun,
comme le moindre de fes Sujets pourroit faire : mais le Fermier du Domaine
ne peut point inferer de cet Arreft, que les alienations faites par les Comtes
de Provence avant qu'elle fût unie à la Couronne, & fur tout les infeodations,
foient fujettes à revocation, & tombent dans le cas des Edits des mois d'Avril
1667. & Octobre 1691.

Le Fermier du Domaine peut d'autant moins prétendre que la conceffion des
Padoüens faite par des Ducs de Guyenne en faveur des Maire & Jurats tombe
dans le cas des Edits qui revoquent les alienations du Domaine, que par le
Traité de 1451. fait avec le Roy Charles VII. lors de la reduction de la Ville
de Bordeaux fous la domination de la France, tous les habitans de ladite Ville
ont été, comme il a été dit, maintenus & confirmez dans la poffeffion de tous
les droits, Domaines & Seigneuries qu'ils poffedoient fous les Anglois, &
expreffement dans tous les dons & toutes les conceffions que les Princes d'Angleterre

gleterre leur avoient fait, & qu'ils ont encore été confirmez & rétablis dans la possession desdits Padoüens par un article exprés des Lettres du Roy Henry II. de l'année 1550.

Les Maire & Jurats finissent ce troisiéme chef, en remontrant que feu M. de Bezons a été d'avis qu'ils devoient être maintenus dans le droit & dans la possession de ladite Pâlu, & des autres Padoüens & que le Fermier du Domaine étoit mal fondé dans sa prétention.

Dans le quatriéme chef du procés il s'agit des Murs, Fossez, Remparts, Fortifications & Quais de la Ville de Bordeaux, Maisons & Echopes qui ont été bâties sur lesd. Places; les Maire & Jurats demeurent d'accord que regulierement les Murs, Fossez, Remparts & Fortifications des Villes appartiennent au Roy par droit de souveraineté; mais le Fermier doit aussi convenir que lorsque Sa Majesté ou ses Predecesseurs ont infeodé ces Places, ceux qui les tiennent à foy & hommage de Sa Majesté en sont possesseurs legitimes, & ne sont sujets qu'aux droits seigneuriaux qui ont été reservez par l'infeodation : car Sa Majesté ordonnant par ses Edits & Declarations que ces sortes de Places seront baillées à fief & à cens, il s'ensuit que ceux qui les tiennent à fief de Sa Majesté & de ses Predecesseurs, sont possesseurs legitimes, & ne peuvent pas être inquietez.

Toute la difficulté consiste donc à faire voir que les Maire & Jurats tiennent à foy & hommage de Sa Majesté les Places joignant les Murs, Fossez, Remparts & Fortifications de la Ville de Bordeaux, ensemble les vieux Murs, Fossez, & Rempars qui sont devenus inutiles par l'agrandissemēt de lad. Ville.

Pour en justifier ils rapportent premierement les Lettres d'Edoüard fils du Roy d'Angleterre Duc de Guyenne de l'an 1261. par lesquelles ce Prince ordonne que non seulement les maisons qui étoient bâties sur & joignant les murs de la Ville subsisteront, mais il permet encore d'y en bâtir d'autres.

En second lieu, ils rapportent les Lettres de Jean Duc de Guyenne du 22. Mars 1394. & celles de Henry Roy d'Angleterre, Duc de Guyenne, de l'an 1401. par lesquelles il est permis aux Maire & Jurats de bâtir sur les Padoüens de lad. Ville & Banlieuë d'icelle, & de les bailler à fief & à cens au profit de la Communauté, en payant annuellement un marc d'argent par forme de reconnoissance, & à la charge de laisser entre les murs & les Padoüens un espace suffisant pour que des gens armez puissent passer à pié & à cheval pour la défense de la Ville, suivant lesquels titres il est évident que les Ducs de Guyenne ont infeodé les vieux murs, fossez & rempars de la Ville, ensemble le terrain adjacent aux nouveaux murs comme étant le tout Padoüen de la Ville.

En effet, ils sont qualifiez tels dans le Jugement du 28. Octobre 1262. où il est dit que, *portus & plateæ quæ sunt extra muros sunt Paduentum, omnes domus & plateæ quæ sunt extra muros novos & veteres Civitatis & Burgorum sunt Paduentum, fossata Villæ sunt Paduentum, omnes barbacanæ civitatis sunt Paduentum*, suivant lequel titre les Places qui sont sur le Port sont Padoüens, celles qui sont entre les vieux & nouveaux murs, & celles qui sont entre la Ville & les Faubourgs sont aussi Padoüens, & encore les fossez de la Ville & ce qui sert de fortification & défense à la Ville; c'est ce que signifie le terme

Quatriéme Chef
concernant les
Murs, Foſſez, Rem-
pars & Quais de la
Ville de Bordeaux. *Barbacane*, dans les Dictionaires François, & notamment dans Furetiere, *in verb.* Barbacane.

On peut d'autant moins inquieter les Maire & Jurats dans la poſſeſſion des vieux murs, foſſez & rempars de la Ville de Bordeaux, & des Places joignant les nouveaux murs, que par le traité de la reduction de lad. Ville, tous les Habitans d'icelle ont été maintenus dans tous les droits, Domaines & Seigneuries qu'ils poſſedoient ſous le regne des Anglois, & par exprés dans les dons & dans les conceſſions que les Rois d'Angleterre leur avoient fait, & que par les Lettres du Roy Henry II. du mois d'Aouſt 1550. les Maire & Jurats ont été rétablis & confirmez dans la poſſeſſion des Padoüens de la Ville & de la Banlieuë.

Auſſi par les Lettres Patentes en forme de Declaration du 23. Decembre 1649. que le Fermier du Domaine a fait ſignifier, il eſt dit dans l'article 8. que les Maire & Jurats ne pourront être troublez en la poſſeſſion des échopes qui ſont bâties contre les murs de ladite Ville, nonobſtant toutes les Lettres de don qui pourroient avoir été expediées, & depuis par Arreſt du Conſeil d'Etat du premier Juillet 1651. ils ont été maintenus dans lad. poſſeſſion, avec défenſes aux Particuliers qui avoient ſurpris un don de Sa Majeſté de les troubler. Contre ces titres qui ſont invincibles, le Fermier a oppoſé.

PREMIERE OBJECTION.

Le terrain joignant les anciens & nouveaux murs appartenoit au Roy, ſuivant l'aveu fourni par les Maire & Jurats en l'année 1273. dans lequel ils ont declaré n'avoir point de fief ni de terres communes & qu'ils tenoient du Prince l'uſage des Padoüens & autres choſes appartenant aux Communautez, contre les termes duquel aveu il n'a pas été au pouvoir des Maire & Jurats de ſe faire un fief des Places deſdits murs, foſſez & remparts de la Ville de Bordeaux, & de les donner à cens.

RE'PONSE.

On a déja remontré que depuis l'année 1273. Jean Duc de Guyenne & Henry Roy d'Angleterre auſſi Duc de Guyenne avoient donné aux Maire & Jurats le pouvoir de bailler à fief & à cens leſdits Padoüens qui comprennent le terrain joignant les murs de la Ville, par leurs Lettres des années 1394. & 1401. en conſequence deſquelles ils ont pû diſpoſer dudit terrain, ſoit qu'il appartînt originairement au Duc de Guyenne ou à la Ville.

SECONDE OBJECTION.

La Guyenne n'a jamais appartenu aux Rois d'Angleterre, ils l'avoient uſurpée au préjudice de nos Rois, & quand ils auroient été poſſeſſeurs legitimes, ils n'auroient pû donner aux Maire & Jurats les Places joignant les murs, foſſez, rempars & fortifications de la Ville, attendu qu'ils n'étoient pas Souverains de la Guyenne, mais ſeulement Vaſſaux de nos Rois, & que les murs, foſſez, rempars & fortifications des Villes appartiennent au Souverain.

RE'PONSE.

Il eſt inutile d'examiner ſi les Anglois avoient uſurpé la Guyenne, ou ſi elle leur appartenoit à juſte titre; il ſuffit que nos Rois les ayent reçû à leur en rendre hommage , & qu'enfuite ils les ayent dépouïllez par confifcation à caufe de leur felonie, pour s'être voulu fouftraire de l'hommage, & pour avoir eu la temerité, étans Vaffaux de nos Rois , de leur faire la guerre ; car étans Vaffaux de nos Rois , & ayant tenu la Guyenne à titre de fief, ils ont pû fouf-infeoder lefdites places des murs, foffez & rempars de la Ville de Bordeaux, comme faifant partie de la Duché de Guyenne, étant loifible, comme il a été dit plufieurs fois, aux Vaffaux de fouſinfeoder une partie de leur Domaine de-puis que les fiefs font devenus hereditaires & patrimoniaux.

Quatriéme Chef cernant les Murs, Fof-fez, Rempars & Quais de la Ville de Bor-deaux.

Il eft vrai que regulierement les murs , foffez , rempars & fortifications des Villes appartiennent au Souverain ; mais on a remarqué ci-deffus que quoique les Ducs de Guyenne relevaffent de la Couronne & tinfent la Guyenne à foi & hommage de nos Rois , neanmoins ils étoient reconnus pour Princes, & jouïf-foient des droits de fouveraineté ; ce qui fait qu'ils ont pû bailler à titre d'infeo-dation les anciens murs , foffez & fortifications de la Ville de Bordeaux, même le terrain adjacent aux nouveaux murs , foffez & rempars.

A Suprà fol. 18

Et ce qui doit faire ceffer toute forte de difficulté , c'eft que, comme il a été dit ci-deffus , les conceffions faites par les Ducs de Guyenne ont été confirmées purement & fimplement par le traité de la reduction de la Ville de Bordeaux fous la domination de la France de l'an 1451. & depuis les Maire & Jurats ont été rétablis & confirmez par les Lettres du Roy Henri II. du mois d'Aouft 1550. dans tous les droits & domaines dont ils jouïffoient avant la Sentence de confifcation de l'année 1548. & nommément dans la jouïffance des Padoüens de la Ville , qui comprennent, comme il a été dit, le terrain adjacent aux murs, foffez & rempars de la Ville.

TROISIE'ME OBJECTION.

Il a été jugé par Arreft du Confeil d'Etat du 27. Decembre 1687. rendu contre les Habitans de la Ville d'Arles , que les murs , foffez , fortifications, rempars, quais & places publiques de lad. Ville demeureroient réunis au Domaine de Sa Majefté , avec défenfes aux Habitans & Communauté de rien entreprendre fur iceux fans fa per-miffion ; & par autre Arreft du Confeil d'Etat du 19. Aouft 1684. rendu fur la re-quifition des Maire & Iurats , il leur a été permis d'aliener les places des fontaines de ruë Bouquiere qui font dans les anciens foffez de la Ville de Bordeaux , à la charge que les Acquereurs defdites places les tiendront à fief de Sa Majefté , fuivant lefquels Arrefts la proprieté & la Seigneurie directe defdites places appartiennent fans doute à Sa Majefté.

Les Maire & Iurats fe font à la verité oppofez à l'execution dudit Arreft du 19. Aouft 1684. & en ont furpris un autre du 29. Ianvier 1690. qui leur permet d'alie-ner les places defd. fontaines & de retenir un droit de cens au profit de la Ville ; mais c'eft une furprife de la part des Maire & Iurats , & ledit Fermier eft oppofant envers ledit Arreft , & demande que les parties foient remifes au même état qu'elles étoient avant icelui , & qu'il foit ordonné que l'Arreft du 19. Aouft 1684. fortira fon plein & entier effet.

REPONSE.

L'Arreft rendu contre la Ville d'Arles n'a nulle application à la caufe, attendu que les Habitans de ladite Ville n'avoient point d'infeodation des Comtes de Provence des places joignant les murs, fossez & fortifications de lad. Ville, & qu'ils s'en étoient emparez sans aucun titre ; au lieu que les Maire & Jurats de la Ville de Bordeaux ont des infeodations des Ducs de Guyenne confirmées par le traité de la reduction de ladite Ville de l'année 1451. & par les Lettres du Roy Henri II. du mois d'Aouft 1550.

Et pour ce qui est de l'Arrest du 19. Aouft 1684. il avoit été rendu par une notoire surprise ; il y a même de la contrarieté dans ledit Arrest, en ce qu'il est dit dans icelui que les places desdites fontaines sont du fief de la Ville, & que neanmoins les acquereurs les tiendront à fief de Sa Majesté ; car lesdites places étant du fief de la Ville, il n'est pas possible que lesdits acquereurs puissent relever de Sa Majesté, étant permis à tous les Vaffaux de sousinfeoder ou de bailler à cens une partie de leur fief, sans que le Seigneur dominant y puisse prétendre aucun droit.

Cette surprise a paru si évidente qu'elle a été reparée par un autre Arrest du Conseil d'Etat du 29. Janvier 1690. par lequel il a été permis aux Maire & Jurats d'aliener lesdites places, avec pouvoir de retenir un droit de cens au profit de la Ville, nonobstant la disposition dudit Arrest du 19. Aouft 1684. & le Fermier ne sçauroit être plus mal fondé dans l'opposition qu'il a formée envers icelui, attendu que l'on vient de faire voir que les Maire & Jurats tiennent lesdites places à foi & hommage de Sa Majesté, en consequence des infeodations des années 1394. & 1401. & que par la Coûtume generale du Royaume il est permis de sousinfeoder & bailler à cens une partie de son fief, sans que le Seigneur dominant puisse prétendre aucuns droits ni devoirs seigneuriaux.

QUATRIE'ME OBJECTION.

Les Lettres de Henri Roy d'Angleterre, Duc de Guyenne du 20. Avril l'an second de son regne, par lesquelles il donne aux Maire & Iurats le pouvoir de bâtir & d'édifier sur les Padoüens de la Ville & de la Banlieüe, & de les donner à fief & à cens, portent en termes exprés qu'il sera reservé entre les Padoüens & les murs de la Ville un espace suffisant, pour que des gens armez puissent passer à pied & à cheval pour la défense de la Ville ; suivant ce titre le terrain qui joint les murs, appartient sans contredit à Sa Majesté, & il n'a pas été loisible aux Maire & Iurats de le donner à fief & à cens ; & les particuliers qui le possedent, ne peuvent se dispenser de passer leur Declaration au Papier Terrier de Sa Majesté.

RE'PONSE.

Premierement l'article desdites Lettres de Henri Roy d'Angleterre, Duc de Guyenne, où il est dit qu'il sera reservé un espace entre les murs & les Padoüens pour la défense de la Ville ; ne regardent que les nouveaux murs qui servent actuellement de clôture à la Ville, & non les anciens qui sont devenus inutiles par l'aggrandissement de l'enceinte de la Ville, au tour desquels il n'est pas necessaire de laisser un espace, puisque ne faisant plus la clôture de la Ville, ils ne peuvent pas servir pour sa défense : Le feu Sieur de Besons a été de ce sentiment dans l'avis qu'il a envoyé au Conseil, & cela a été jugé en termes formels par

ledit

ledit Arreſt du Conſeil d'Etat du 29. Janvier 1690. dont on vient de parler, par lequel il a été permis aux Maire & Jurats d'aliener les places des fontaines de ruë Bouquiere qui ſont dans les foſſez de la Ville & joignant les vieux murs, & de retenir un droit de cens au profit de la Ville.

Et pour ce qui eſt des nouveaux murs, les Maire & Jurats ſoûtiennent que la reſerve qui doit être faite d'un eſpace entre leſdits murs & les Padoüens, n'acquiert ni la proprieté ni la directe dudit Territoire à Sa Majeſté. Pour le faire voir, il eſt important de rappeller ce qui a été dit ci-deſſus ; ſçavoir, que par le Jugement de 1262. le terrain joignant les nouveaux & anciens murs, & encore celui qui eſt entre la Ville & les Faubourgs eſt Padoüen, que les foſſez de la Ville & les barbacanes, c'eſt à dire ce qui ſert de défenſe & de fortification, ſont Padoüen, *Portus & plateæ quæ ſunt extra muros ſunt Paduentum, omnes domus & plateæ quæ ſunt inter muros novos & veteres Civitatis & Burgorum ſunt Paduentum, foſſata Villæ ſunt Paduentum, omnes barbacanæ Civitatis ſunt Paduentum.*

Cela preſuppoſé, puiſque le terrain joignant les nouveaux murs eſt Padoüen de la Ville, & que par les Lettres de Jean Duc de Guyenne de l'an 1394. il eſt permis de bâtir & de bailler à fief & à cens les Padoüens de ladite Ville ſans aucune reſtriction ni limitation, il s'enſuit que ledit terrain joignant les nouveaux murs eſt également dans le fief de la Ville, comme celui qui eſt joignant les anciens murs, & par cette raiſon incompatible que le Fermier du Domaine puiſſe prétetendre aucuns droits & devoirs ſeigneuriaux ſur ledit terrain ni ſur les maiſons qui ont été bâties deſſus.

La reſerve que les Lettres de Henri, qui ſont poſterieures à celles de Jean, veulent être faite d'un eſpace entre les murs & les Padoüens, n'acquiert aucun droit à Sa Majeſté ſur ledit terrain, ni ne fait rien perdre à la Ville, par cette raiſon qu'il n'eſt point dit dans leſdites Lettres que le Duc reſerve ledit terrain pour lui & pour augmenter ſon revenu, comme le Fermier du Domaine le prétend ; mais les lettres diſent ſeulement qu'il ſera reſervé un eſpace ſuffiſant pour la défenſe de la Ville, *Competens ſpatium reſervetur inter dicta Paduenta & muros Civitatis, taliter quod homines ad arma baliſtarii & aliæ gentes deffenſabiles ire poſſint, & equitare inter muros & Paduenta pro defenſione Civitatis.* Et ainſi cette reſerve étant toute pour le bien & l'avantage de la Ville, & non pour augmenter le domaine & le revenu du Duc, le Fermier n'en peut tirer aucun avantage, ſur tout les Lettres de Jean qui ſont anterieures, ayant, comme il a été dit, infeodé au profit de la Ville tout le terrain joignant les murs ſans aucune reſtriction ni limitation.

La cauſe des Maire & Jurats peut en ce point d'autant moins ſouffrir de difficulté, que d'un côté tout ce qui ſert pour la défenſe de la Ville, eſt déclaré Padoüen de la Ville dans ledit Jugement de 1262. *Foſſata Villæ ſunt Paduentum, omnes barbacanæ Civitatis ſunt Paduentum,* & que de l'autre les Maire & Jurats en baillant à cens au profit de la Ville ledit terrain adjacent aux nouveaux murs, ont ſatisfait à cette reſerve en deux manieres.

Premierement en ce qu'en l'état que ſont les maiſons bâties joignant les murs, on y peut faire la ronde le long des murs, comme feu M. de Beſons l'a remarqué dans ſon avis. En ſecond lieu, en ce que les Maire & Jurats ont ſtipulé dans les baux à cens qu'ils ont fait dudit Territoire, qu'en cas qu'il fût trouvé à propos pour la ſeureté de la Ville, les maiſons & échopes qui ſont adoſſées aux murs ſeroient démolies & ôtées.

Le Roy peut bien ordonner la démolition des maiſons & échopes adjacentes aux murs de la Ville dans telle diſtance qu'il trouvera à propos, ſi elle le juge neceſſaire pour la défenſe de la Ville, & pour que des gens armez à pied & à cheval y puiſſent paſſer: mais tandis que Sa Majeſté trouvera bon de les laiſſer ſur pied, les Fermiers du Domaine ne peuvent point prétendre que les droits & devoirs Seigneuriaux ſur icelles puiſſent leur appartenir, puis qu'elles ſont dans le Padoüen & dans le fief de la Ville.

A quoy l'on ajoûte ce qui a été déja dit, que par la Declaration du 23. Decembre 1649. les Maire & Jurats ont été maintenus dans la poſſeſſion des Echopes qui ſont bâties ſur les nouveaux murs de la Ville, & que par Arreſt du Conſeil d'Etat du premier Juillet 1651. ils ont été confirmez dans ladite poſſeſſion, avec défenſes aux particuliers qui avoient ſurpris un don deſdites places de les troubler.

CINQUIE'ME OBJECTION.

Les maiſons qui étoient bâties joignant les murs lors & au temps de l'Enquête & du Jugement de 1262. & celles qui ont été bâties depuis, tant ſur les anciens que ſur les nouveaux murs juſques és années 1394. & 1401. n'étoient plus Padoüene eſdites années 1394. & 1401. & par cette raiſon elles ne ſont pas compriſes dans l'infeodation des Padoüens faite par les Ducs de Guyenne en faveur deſdits Maire & Jurats, & ne ſont pas par conſequent de leur fief & de leur cenſive.

REPONSE.

Dans le Jugement de ladite année 1262. non ſeulement les Places publiques qui étoient encore pour lors vuides ſont declarées Padoüen de la Ville, mais même les maiſons qui avoient été auparavant bâties ſur leſd. Places publiques, *dicimus quod omnes domus & plateæ quæ ſunt inter novos muros & veteres Civitatis & Burgorum ſunt Paduentum,* & la raiſon pour laquelle les maiſons bâties ſur les places publiques de la Ville ſont Padoüen de la Ville, aprés avoir été bâties, c'eſt parce que ce qui a été une fois Padoüen de la Ville demeure toûjours Padoüen de la Ville, quelque changement qui ſe faſſe ſur la ſurface, cela eſt ainſi dit dans ledit Jugement de 1262. *de omnibus autem locis quæ dicimus eſſe Paduenta dicimus quod debent eſſe & ſunt perpetuo Villæ Paduenta,* ce qui eſt fondé ſur cette maxime de droit, *ædificium ſolo cedit acceſſorium ſequitur naturam principalis.*

Si les conceſſions accordées aux predeceſſeurs des Maire & Jurats ne leur donnoient d'autre faculté que de bâtir ſur les Padoüens, on pourroit dire que leſdites conceſſions ne s'appliquent pas aux maiſons qui avoient été bâties auparavant, mais leſdites conceſſions portant le pouvoir non ſeulement de bâtir, mais auſſi de bailler à fief ou à cens les Padoüens, elle comprend également le Padoüen ſur lequel il y avoit dés-lors des maiſons bâties, & le Padoüen qui étoit un vacant, une Place publique & une Terre vaine & vague.

SIXIE'ME OBJECTION.

Il ne fut donné par les Ducs de Guyenne aux Habitans de Bordeaux que la permiſ-ſion de bâtir des maiſons joignant les murs de la Ville pour eux & leurs heritiers pour en jouir pendant un certain temps, & la proprieté du terrain demeura pardevers le Duc de Guyenne, qui a toûjours la faculté de le retirer, & les poſſeſſeurs n'ont eu que le droit de prendre les materiaux aprés la joüiſſance finie.

D'ailleurs par les Edits & Declarations du mois de Mars 1695. du mois de Fe-vrier 1696. & par les Arreſts du Conſeil donnez en execution des 20. Mars & 27. Iuin 1699. il eſt ordonné que les detempteurs des places qui ont ſervi aux clôtures, foſ-ſez, rempars & fortifications des Villes, ſeront taxez pour être confirmez dans leur poſſeſſion, & paſſeront leur declaration au Papier Terrier de Sa Majeſté; que ſi elle trouve à propos de confirmer les detempteurs des maiſons & échopes joignant les murs de ladite Ville de Bordeaux, ils ne peuvent éviter d'être taxez.

RE'PONSE.

Les Lettres d'Edoüard de l'an 1262. donnerent la faculté aux Habitans de Bordeaux & à leurs heritiers de bâtir ſur & joignant les murs de la Ville pure-ment & ſimplement, ſans limitation de temps, & par conſequent cette permiſ-ſion eſt pour toûjours, les Communautez des Villes ne mourant jamais, d'ail-leurs ayant été permis aux Maire & Jurats par leſdites conceſſions de Jean Duc de Guyenne de l'an 1394. & de Henri Roy d'Angleterre, Duc de Guyenne de l'an 1401. de bâtir & de bailler à fief & à cens ces ſortes de Places comme Pa-doüens de la Ville, il n'y a pas de doute que la proprieté & l'utile Seigneurie deſdites Places n'ait été acquiſe à la Ville, les Ducs de Guyenne ne s'étant re-ſervé que la foy & l'hommage, & une redevance annuelle d'un marc d'argent qui a été depuis converti en deux nobles.

Les Maire & Jurats demeurent d'accord de l'Edit du mois de Mars 1695. & de la Declaration du mois de Fevrier 1696. & des Arreſts donnez en exe-cution, mais la lecture de ces Edits fait voir qu'ils ne ſont que contre ceux qui ſe ſont emparez des places, des murs, foſſez & fortifications des Villes ſans aucun droit, ou en conſequence des conceſſions faites par les Echevins qui s'en étoient emparez ſans aucun titre, & qui les avoient uſurpez au préjudice de Sa Majeſté; mais l'Edit de 1695. & la Declaration de 1696. ni les Arreſts donnez en execution ne ſont point contre ceux qui tiennent ces places à foi & hommage de Sa Majeſté, ni contre ceux qui les ont priſes à cens & rente de ſes Vaſſaux, parce qu'étans poſſeſſeurs legitimes il y auroit de l'injuſtice de les taxer pour être confirmez dans leur poſſeſſion.

Et partant les Maire & Jurats ayant tenu à foi & hommage des Ducs de Guyenne les places des murs, foſſez & rempars de la Ville de Bordeaux, & les tenant à préſent de Sa Majeſté en qualité de Duc de Guyenne, & tant eux que ceux à qui ils les ont donné à cens au profit de la Ville étans poſſeſſeurs legitimes, ils ne ſont point dans le cas de l'Edit du mois de Mars de 1695. ni de la Decla-ration du mois de Fevrier 1696. ni des Arreſts rendus en execution, ni par con-ſequent ſujets à aucune taxe pour être confirmez dans leur poſſeſſion; il eſt même incompatible que lefdits Maire & Jurats tiennent lefdites places à foi & hommage de Sa Majefté, & que ceux à qui ils les ont donné à cens en paffent leur declaration au Papier Terrier de Sa Majefté.

Ayant fait voir que les maifons & échopes bâties joignant les anciens & nouveaux murs font dans le Padoüen de la Ville & mouvans de fa cenfive, il s'enfuit neceffairement que les trois échopes de Garat, Guidechefne, & la Veuve Laporte font de fa cenfive, puis qu'elles font bâties joignant les murs de la Ville dans le Padoüen d'icelle, par la même raifon il s'enfuit que l'appel que les Maire & Jurats ont interjetté des Ordonnances du Sieur de Ris, pour lors Intendant dans la Province de Guyenne, & du Sieur Dufé fon Subdelegué, par lefquelles lefdites échopes font declarées appartenir à Sa Majefté, & permis au Fermier du Domine de fe mettre en poffeffion d'icelles, ne fçauroit être mieux venu, & par même raifon les conclufions que les Maire & Jurats ont pris contre lefdits Fermiers, pour qu'ils foient condamnez au délaiffement defdites échopes, & à la reftitution des revenus d'icelles depuis le jour qu'ils font entrez en poffeffion, font trés-juftes.

Le Fermier du Domaine pour fe mettre à couvert de ces conclufions aprés avoir tenté inutilement de foûtenir que toutes les maifons & échopes bâties joignant les murs de la Ville font de la cenfive de Sa Majefté, pour une dernie-re reffource a allegué que lefd. échopes font une dépendance de la maifon de Luc Majour, autrement appellée la Tour de Batfel ou de Beffan, & que ladite maifon appartient à Sa Majefté.

Mais on a remontré au procés que le Fermier n'a pas juftifié que ladite mai-fon foit en propriété à Sa Majefté, & qu'il n'a pas non plus juftifié que lefdites échopes font une dépendance de ladite maifon, au contraire les titres qu'il a produit juftifient qu'elles n'en dépendent pas, & qu'elles font dans les Padoüens de la Ville.

On convient que les Rivieres navigables du Royaume & par confequent les Ports d'icelles appartiennent au Roy; mais cela n'empêche pas que les places & les quais qui font au devant du Port ne foient Padoüen de la Ville, cela eft expreffement declaré par le titre de 1262. *portus & platea quæ funt extra muros funt Paduentum,* & par cette raifon ils tombent dans la conceffion des Padoüens qui a été faite aux Maire & Jurats par les Ducs de Guyenne, & on peut d'autant moins leur contefter les quais qui font au devant du Port & Havre de ladite Ville, qu'ils ont été faits par leur foins & aux dépens de la Ville, pour l'ornement d'icelle & la commodité du commerce.

Dans le cinquiéme chef il s'agit des droits que les Maire & Jurats levent au Marché de la Ville de Bordeaux : ces droits font de deux efpeces ; les uns font des deniers d'octroi que Sa Majefté a eu la bonté de leur accorder par les Arrefts du Confeil d'Etat du 18. Juillet 1670. & 8. Juin 1677. pour payer leurs dettes, & qui s'employent pour le fervice de Sa Majefté & du Public, fuivant la deftina-tion marquée par lefd. Arrefts : On ne croit pas que le Fermier du Domaine pré-tende rien fur lefdits droits.

Les autres droits font de l'ancien Domaine de la Ville & font couchez dans le Statut de ladite Ville ; ce font ceux-là dont le Fermier demande la reünion au

Domaine,

Domaine, presupposant que les Maire & Jurats les ont usurpez. Pour faire voir l'injustice de sa demande, il suffit de remarquer que de tout temps & ancienneté les Maire & Jurats ont joüi desdits droits, même avant que la Guyenne fût réünie à la Couronne: Cette verité est établie par leurs anciens Statuts qui étoient en vigueur sous le regne des Anglois.

Et quoique le Statut manuscrit qui a été produit au procés, ne soit que de l'année 1542. neanmoins les Reglemens qui sont dans icelui, sont beaucoup plus anciens, comme l'intitulation dudit manuscrit le fait connoître, qui porte que *lesdits Statuts ont été nouvellement reduits sur les anciens Registres & Tableaux de la Maison commune de la Ville* ; & ce qui justifie qu'ils sont extraits des anciens Registres qui étoient du temps des Anglois, c'est qu'il est fait mention au premier chapitre de l'élection de douze Jurats, qui est le nombre qui avoit été fixé par les Anglois en l'année 1378. comme fait foi la Chronique de Bordeaux.

Il est vrai que le nombre de douze fut reduit à six par les Lettres du Roy Henri II. de l'an 1550. mais cela même que le nombre de douze fut reduit à six, fait voir que le nombre de douze étoit auparavant & dans le temps des Anglois, parce que lors de la reduction de la Ville de Bordeaux sous la domination de la France il ne fut fait aucun changement dans l'Hôtel de Ville ; au contraire par le traité de ladite reduction qui est de l'an 1451. les Habitans furent maintenus dans leurs Privileges, Statuts & Coûtumes, & il n'y fut fait de changement qu'en l'année 1548. & 1550.

Cette reflexion que par le traité de 1451. les Habitans de Bordeaux furent maintenus dans leurs Privileges, Statuts & Coûtumes, sert de réponse à ce que le Fermier oppose que lesdits Statuts n'ont pas été approuvez & homologuez ; car dés-là que les Habitans ont été maintenus dans lesdits Statuts par ledit traité de 1451. il s'ensuit qu'ils ont été approuvez & confirmez ; ils ont encore été depuis approuvez par les Lettres du Roy Henri le Grand du 30. Janvier 1597. & par deux Arrests du Conseil d'Etat des 18. Juillet 1670. & 17. May 1701.

Mais quand lesdits Statuts n'auroient pas été expressément approuvez ni confirmez, ils prouveroient toûjours que les Maire & Jurats étoient en possession des droits de Marché sous le regne des Anglois, la seule lecture desdits Statuts faisant ladite preuve.

Cette possession est encore justifiée par les anciens comptes produits au procés par le Fermier du Domaine des années 1543. 1545. & 1555. dans lesquels il est énoncé que le Contable ne rend pas compte des droits du Marché de Bordeaux, parce que les Maire & Jurats en joüissoient par don des Rois d'Angleterre.

Or dés-là que les Maire & Jurats joüissoient desdits droits sous les Anglois, & que par ledit Traité de 1451. tous les Habitans de ladite Ville & de la Province ont été maintenus dans tous les droits & Domaines dont ils joüissoient sous les Anglois, & expressément dans tous les dons qui leur avoit été faits par les Rois d'Angleterre, le Fermier du Domaine n'a rien à prétendre sur lesdits droits du Marché.

PREMIERE OBJECTION.

Les Maire & Jurats ne peuvent point se défendre par leur prétenduë possession ni

R

par la donation qu'ils alleguent que les Rois d'Angleterre leur ont fait desd. droits de Marché, parce que d'un côté ces sortes de droits ne se prescrivent jamais, comme il a été jugé contre les Habitans de la Ville d'Arles, & que de l'autre cette prétenduë donation n'est pas rapportée, & quand elle le seroit elle tomberoit dans le cas des Edits, qui revoquent les alienations du Domaine.

REPONSE.

Nos Rois n'ayant jamais joüi des droits qui se levent dans le Marché de Bordeaux, & les Maire & Jurats en jouïssant avant que ladite Ville eût été re-duite sous la domination de la France, on ne peut pas regarder leur possession comme une usurpation ni comme une prescription des droits du Domaine.

L'Arrest rendu contre la Ville d'Arles ne peut pas leur être opposé, dau-tant que ladite Ville n'avoit d'autre titre qu'une simple possession, ou pour mieux dire une usurpation, au lieu que les Maire & Jurats sont fondez en des titres incontestables.

On ne peut pas non plus leur opposer les Edits qui revoquent les dons & les alienations du Domaine, parce que l'on a fait voir que lesdits Edits ne re-voquent que les alienations & les dons faits par nos Rois, & non ceux qui ont été faits par les Ducs de Guyenne; & bien loin que les dons faits par les Ducs de Guyenne aux Habitans de Bordeaux ayent été revoquez, au contraire ils ont été en termes formels confirmez par le Traité de la reduction de la Ville de ladite l'année 1451.

Et quoique les Maire & Jurats ne rapportent pas le don des Rois d'Angle-terre, on ne peut pas neanmoins douter de la verité d'iceluy, puisque ce sont les propres titres du Fermier qui en justifient : mais quand il n'y auroit jamais eu de don, leur possession n'en seroit pas moins legitime; il suffit que par le-dit Traité de 1451. les Statuts de lad. Ville dans lesquels lesdits droits de Mar-ché sont couchez ayent été confirmez, & que par un article dudit Traité tous les Habitans de ladite Ville ayent été maintenus dans la possession de tous les droits, Domaines & Seigneuries dont ils joüïssoient sous les Anglois.

Bien plus, les Maire & Jurats ayant été dépoüillez de tous leurs droits & Domaines par la Sentence de confiscation de l'année 1548. ils furent rétablis dans la possession & jouïssance de tous lesd. droits par les Lettres du Roy Henri II. de l'année 1550. & par là ils furent rétablis dans la possession & jouïssance desdits droits de Marché, attendu qu'ils en joüïssoient avant ladite confiscation, comme fait foy le Statut manuscrit que les Maire & Jurats ont produit, qui est de l'année 1542. anterieur à ladite confiscation de l'année 1548.

A quoy l'on ajoûte que les Maire & Jurats ont été confirmez & maintenus dans la possession desdits droits de Marché par un Arrest du Conseil d'Etat du 24. Janvier 1690. par lequel il leur a été permis d'engager le droit du Biguei-rieu, qui est un des droits qui se levent au Marché, pour emprunter une somme pour parfaire celle de 200000. liv. de don gratuit que la Ville avoit donné à Sa Majesté.

Mais ce qui doit faire cesser toute sorte de difficulté, c'est que par Edit du mois de Fevrier 1696. le Roy a maintenu tous les possesseurs des droits de

Marché, tant ceux qui étoient fondez en conceſſions des Rois ſes Predeceſſeurs que tous ceux qui n'avoient point de titre, en payant une taxe, en execution duquel Edit, & encore d'un autre du mois de Janvier 1697. qui avoit créé des Charges de Meſureurs de Grains dans toutes les Villes & Villages du Royaume, les Maire & Jurats ont été taxez à la ſomme de 45000. liv. & les deux ſols pour livre qu'ils ont effectivement payé au Tréſor Royal, comme font foy les quittances produites au procés, moyennant lequel payement ils ont été maintenus par Arreſt du Conſeil d'Etat du 22. Juillet 1698. dans la poſſeſſion des droits de Marché qu'ils avoient accoûtumé de percevoir, & leſdites Charges de Meſureurs de Grains créées pour ladite Ville de Bordeaux ont été réünis à l'Hôtel de Ville.

SECONDE OBJECTION.

Les Maire & Iurats n'ont pû au préjudice de l'Inſtance qui étoit pendante au Conſeil pour raiſon deſdits droits de Marché & autres demandés par le Fermier, ſe faire confirmer dans la poſſeſſion deſdits droits de Marché, moyennant la taxe qu'ils ont payé, mais pour leur faire reſte de droit, le Fermier offre de rembourſer ladite ſomme de 45000. liv. & les deux ſols pour livre, moyennant quoy il demande d'être ſubrogé à leurs droits, pour ce qui concerne les Offices de Meſureurs de Grains, avec conſentement que nonobſtant le rembourſement de ladite ſomme de 45000. liv. & les deux ſols pour livre, Sa Majeſté ſoit maintenuë & conſervée dans la poſſeſſion & jouiſſance des droits de Marché, Etalages & Boucheries, & qu'en conſequence il ſoit permis au Fermier de diſpoſer deſdits Offices de Meſureurs de Grains, ou de les faire exercer par qui il jugera à propos.

RE'PONSE.

La taxe de ladite ſomme de 45000. liv. & les deux ſols pour livre que lad. Ville de Bordeaux a payé à Sa Majeſté pour être confirmée dans les droits qu'elle perçoit au Marché, & pour la ſupreſſion des Offices de Meſureurs de Grains n'a été faite qu'en execution de l'Edit du Roy du mois de Fevrier 1696. qui confirme generalement tous les Seigneurs du Royaume, enſemble toutes les Communautez dans les droits de Foire & de Marché qu'ils perçoivent, & encore en execution de l'Edit du mois de Janvier 1697. qui permet tant aux Seigneurs qu'aux Communautez de racheter les Offices de Meſureurs de Grains, créez par ledit Edit, & ledit Fermier n'a aucune raiſon pour empêcher que les Maire & Jurats ne jouïſſent de la grace que Sa Majeſté a accordé à toute ſorte de perſonnes, & à toutes les Communautez du Royaume.

C'eſt en vain qu'il allegue que les Maire & Jurats ont fait le payement de ladite ſomme de 45000. liv. & des deux ſols pour livre au préjudice de la preſente Inſtance, dautant qu'en ce qui concerne les Offices de Meſureurs de Grains il n'y avoit point d'Inſtance entre les parties, & ainſi il a été ſans doute loiſible de racheter leſdits Offices, & de les incorporer à l'Hôtel de Ville, conformement à la faculté qui étoit donnée par l'Edit de création deſdites Charges, & on ne voit pas ſur quel fondement ledit Fermier peut demander d'être preferé aux Maire & Jurats, & d'être reçû à les rembourſer : Son objet qui ne tend qu'à établir des Meſureurs de Grains à la foule du peuple pour s'enrichir aux dépens d'une Ville malheureuſe qui eſt accablée par les maux que la Guerre entraîné avec foy, & par la ceſſation de la meilleure partie de ſon Commerce, n'étant pas plus favorable que celuy defdits Maire & Jurats, qui n'ont eu d'autre vûë en rachetant ces Charges que de ſe conformer aux intentions de Sa Majeſté, qui les a invitez par ſon Edit à racheter ces Charges pour le ſoulagement du peuple, en ſupprimant les droits attribuez aux Meſureurs de Grains par l'incorporation de ces Charges.

Et pour ce qui eſt des droits de Marché les Maire & Jurats n'ont point recherché la taxe qui leur a été impoſée pour être confirmez dans leur poſſeſſion, elle a été faite en execution d'un Edit fait generalement pour tout le Royaume, & qui confirme, comme il a été dit, tous les poſſeſſeurs des droits de Foire & de Marché, en payant la finance à laquelle ils ont été taxez, & ainſi la Ville de Bordeaux n'étant pas de pire condition que les autres Villes & Villages du Royaume, le Fermier n'eſt pas recevable à demander à les rembourſer.

Sur tout à reflechir que par l'Arreſt du Conſeil d'Etat du 21. Juillet 1698. qui a confirmé les Maire & Jurats dans la poſſeſſion deſdits droits de Marché, & a réüni leſdites Charges de Meſureurs de Grains à l'Hôtel de Ville les offres faits par certains particuliers, qui vouloient donner 75000. liv. pour les ſeules Charges de Meſureurs de Grains, ont été rejettez, & que de l'autre les Maire & Jurats avoient été maintenus, comme il a été dit, dans la poſſeſſion deſdits droits de Marché par le Traité de la reduction de ladite Ville de l'année 1451. & encore par les Lettres du Roy Henry II. de 1550.

Dans le ſixiéme chef le Fermier du Domaine demande la réünion du droit de marque & demi marque que la Ville de Bordeaux leve ſur le Vin qui eſt porté au Faubourg des Chartreux venant du dehors de la Senéchauſſée, ce droit conſiſte en quatre ſols tournois par tonneau qu'elle a accoûtumé de prendre.

Pour faire débouter le Fermier de ſa demande, les Maires & Jurats remontrent qu'ils ont joüi de tout temps & ancienneté de ce droit; ils en joüiſſoient ſous le regne des Anglois, comme font foi leurs Status, leſquels on vient de faire voir avoir été en vigueur dans le temps qu'ils étoient Maîtres de la Province de Guyenne, ils ont été maintenus dans ce droit & dans cette poſſeſſion par le traité de la reduction de Bordeaux de l'année 1451. rétablis & confirmez par les Lettres du Roy Henri II. de l'année 1550.

Ce droit a été expreſſement confirmé pas les Lettres Patentes du Roy Charles IX. du mois de Juin 1565. portant établiſſement de deux Foires franches dans la Ville Bordeaux, dont voici les termes: *N'entendons toutefois durant le cours deſdites Foires exempter les Vins qui doivent être marquez de la grande & petite marque de ladite Ville du payement des droits pour raiſon de ce dûs à la Ville;* ce droit eſt auſſi confirmé par l'Arreſt du Conſeil d'Etat du 19. Janvier 1669. en ce que dans icelui le Roy reglant les gages des Officiers de lad. Ville, fixe les gages du Marqueur du Vin ſujet audit droit.

Enfin ce droit ayant été conteſté par la Province de Languedoc, par un Arreſt du Conſeil d'Etat du 17. May 1701. la Ville de Bordeaux à été maintenuë dans ſa poſſeſſion, & les Habitans de Languedoc condamnez de payer ledit droit de marque pour le Vin qu'ils feroient deſcendre à Bordeaux, aprés tous les leſquels titres il n'y a pas la moindre difficulté que ladite Ville ne ſoit confirmée dans ſa poſſeſſion. OBJECTION

OBJECTION.

Le droit de Marque eſt un droit domanial comme il eſt juſtifié par les Lettres de Richard Roy d'Angleterre, Duc de Guyenne du 25. Juin 1379. par leſquelles ce Prince fit don au Sieur de Landiras pendant ſa vie d'un droit appellé de jauge qui eſt le même que le droit de marque; or étant domanial, les Maire & Jurats ne peuvent l'avoir acquis par aucune poſſeſſion.

Ils ne peuvent pas non plus ſe fonder ſur le traité de la reduction de la Ville de Bordeaux de l'an 1451. ni ſur les Lettres du Roy Henri II. de l'année 1550. puis qu'il n'eſt pas fait mention dudit droit de marque ou de jauge dans ledit traité ni dans leſd. Lettres, & que jamais les Rois ne ſont cenſez abandonner à leurs Sujets leur Domaine s'ils ne le declarent expreſſement.

REPONSE.

Le droit de marque & le droit de jauge ſont differens, celui de marque n'eſt que de quatre ſols, & celui de jauge eſt d'un eſchelin qui revient à ſept ſols, le Roy jouït du droit de jauge, comme le feu ſieur de Beſons qui étoit parfaitement inſtruit des droits de Sa Majeſté & de ceux de la Ville de Bordeaux, l'a expliqué dans ſon avis; l'ancien Fermier en a convenu en ſa preſence & a abandonné cette prétention, ledit Sieur de Beſons l'a declaré de la ſorte dans ſon avis, & a conclu en faveur des Maires & Jurats.

Mais quoi qu'il en ſoit, les Maire & Jurats ne jouïſſant pas du droit de jauge, mais uniquement du droit de marque duquel droit ils étoient en poſſeſſion dans le temps que la Ville de Bordeaux étoit ſous la domination des Anglois; le Fermier du Domaine ne peut point dire que ce droit eſt un droit domanial dépendant de la Couronne, puiſque Sa Majeſté ni ſes Predeceſſeurs n'en ont jamais joüi, ni par conſequent dire que quelque longue que ſoit la poſſeſſion des Supplians, elle eſt inconſiderable

Et quoique dans le traité de la reduction de ladite Ville de l'année 1451. il ne ſoit pas fait expreſſe mention dudit droit de marque, neanmoins on ne peut pas douter que les Maire & Jurats n'ayent été confirmez dans la poſſeſſion dudit droit, dautant que par ledit traité ils ſont maintenus en tous les droits dont ils joüiſſoient ſous les Anglois, & que l'on a fait voir ci-deſſus que les Statuts de la Ville de Bordeaux où leſdits droits ſont rapportez étoient en vigueur ſous le regne des Anglois.

A l'égard des Lettres du Roy Henri II. de l'année 1550 il eſt fait quelque mention dans icelles dudit droit de marque dû à ladite Ville dans l'article où il eſt parlé des gages du Marqueur du Vin du haut-païs qui eſt ſujet audit droit, mais enfin puiſque par leſd. Lettres la Ville de Bordeaux eſt rétablie dans tous les droits & Domaines dont elle joüiſſoit avant la Sentence de confiſcation de l'année 1548. & que par le Statut manuſcrit de l'année 1542. il paroît que ladite Ville joüiſſoit pour lors dudit droit de marque, il eſt évident que par leſdites Lettres ladite Ville a été rétablie dans ledit droit.

A quoi l'on ajoûte que ladite Ville a été en termes exprés maintenuë, comme il vient d'être dit, dans ledit droit de marque par les Letres du Roy Charles IX. de l'année 1565. portant établiſſement de deux Foires dans ladite Ville, & encore par l'Arreſt du 17. May 1701. rendu contre les Habitans de Languedoc.

S

Ayant détruit toutes les prétentions du Fermier du Domaine, & fait voir que tous les droits qu'il conteste appartiennent legitimement à la Ville de Bordeaux, il s'ensuit que l'Ordonnance des Tréforiers de France en la Generalité de Bordeaux de l'année 1676. qui a verifié & reçû le dénombrement des Suppliants, est trés-juste, & que l'appel que le Fermier a fait de ladite Ordonnance est injuste & insoûtenable.

Il est vrai qu'il a cotté contre ladite Ordonnance divers moyens de forme qu'il ne seroit pas difficile de détruire, s'il étoit necessaire, & qui tombent par leur propre foiblesse; mais comme tout dépend de la Justice du fonds, ainsi que le feu Sieur de Besons l'a remarqué dans son avis, & que l'on vient de faire voir dans le fonds qu'il n'a été rien compris dans ledit dénombrement qui n'appartienne à la Ville, on ne s'arrêtera point à répondre ausd. moyens de forme.

On ajoûte seulement que lorsque le Roy Henri II. restitua à la Ville de Bordeaux tous les droits & tous les Domaines que le Fermier lui conteste, il le fit avec une connoissance parfaite, aprés en avoir joüi pendant deux années; & ce fut aussi la connoissance certaine qu'il avoit des revenus qu'il rendoit à la Ville qui l'obligea de prendre sur soi une partie des charges de ladite Ville, en consideration de ce qu'il retenoit le droit de grande & de petite Coûtume, dont la Ville joüissoit avant la Sentence de confiscation; voici la maniere dont ce Prince s'explique dans lesd. Lettres du mois d'Aoust 1550. *Et pour autant qu'étans les deniers de lad. Ville petits, les Maire & Iurats ne pourroient satisfaire à tous les frais, au moyen de quoi il seroit impossible que ladite Ville demeurât policée, servie & administrée, ainsi que Nous le desirons sans nôtre plus grande aide & liberalité: leur avons davantage accordé & octroyé pour les décharger d'autant de dépense que sur les deniers de la grande & petite Coûtume que retenons à nous, Nous ferons dorenavant payer & acquiter les gages du Sieur Iarnac Maire, & son fils, tant qu'ils ou l'un d'iceux vivront, ensemble ceux du Principal du College dudit Bordeaux, Lecteurs en Droit Civil & Canon, ceux des Barbiers, Hospitaliers, Prêtres, Sergens & autres Serviteurs de l'Hôpital de la peste, aussi les gages de l'Executeur de la haute Justice, ainsi que dessus est dit.*

Depuis ce temps les charges de la Ville ayant augmenté, il a falu qu'elle ait eu recours à des deniers d'octroi que Sa Majesté a eu la bonté de lui accorder, il a été imposé sur chaque Bœuf qui se tuë aux Boûcheries vingt livres, cinq livres sur chaque Veau, autant sur chaque Cochon, vingt sols sur chaque Mouton, cinq sols par Agneau & Chevreau, & cela outre & pardessus ce que le Roy leve sur lesd. Boucheries; il a été aussi imposé sept sols six deniers par boisseau de Froment & autres grains qui se consomment dans la Ville & Faubourgs, 18. pots par Barrique sur le Vin non Borgeois, & 9. pots par Barrique sur le Vin Bourgeois qui se vend en détail, ce qui revient à prés d'un cinquiéme de vin non Bourgeois, & moitié moins du Vin Bourgeois: On a encore imposé sur le Bois qui vient de la Lande & se porte à Bordeaux, sur le Poisson salé, & sur diverses autres denrées.

Et quoique ces impôts soient excessifs, ladite Ville n'est pas en état de supporter ses charges, à cause qu'elle s'est engagée de plus de   pour le service de Sa Majesté pendant la derniere guerre, & que depuis l'ouverture de la guerre d'àprésent il n'est point d'année qu'il ne lui survienne une nouvelle charge.

Cependant, bien que les chofes foient dans cet état, le Fermier du Domaine, pour s'enrichir de la ruine de cette Ville qui eft dans le dernier accablement, veut lui enlever tout fon ancien patrimoine que le Roy Charles VII. lui a affeuré par le traité de 1451. & que le Roy Henri II. lui fit la grace de lui reftituer par fes Lettres du mois d'Aouft 1550. les Maire & Jurats ont cette confiance en la juftice de Sa Majefté qui a donné tant de marques de fa bonté envers cette Ville, qu'elle confirmera ledit Traité de 1451. & lefdites Lettres de 1550. que fes Predeceffeurs ont fait avec tant de fageffe, & qu'elle maintiendra ladite Ville dans la poffeffion de tous fes droits, revenus & domaines, pour qu'elle puiffe continuer de les employer pour le fervice de Sa Majefté & du Public, & fans lefquelles elle ne feroit pas en état de fupporter fes charges.

A ces caufes, plaife à Sa Majefté, declarer les Fermiers & le Controlleur General du Domaine mal fondez dans l'appel qu'ils ont fait de l'Ordonnance des Tréforiers de France de la Generalité de Bordeaux du dernier Decembre 1676. qui a verifié & reçû le dénombrement fourni par les Maire & Jurats; ordonner que ladite Ordonnance fortira fon plein & entier effet, en confequence fera la Ville de Bordeaux maintenuë dans les droits contenus dans ledit dénombrement; & par exprés le droit de Juftice haute, moyenne & baffe fera déclaré lui appartenir dans la Comté d'Ornon, la Baronie de Veirines, la Prevôté d'Eifines & petite Prevôté d'entre deux Mers, & Parroiffes dépendantes defd. Terres, conformement audit dénombrement: Seront lefdits Fermiers & Controlleur General du Domaine déboutez des conclufions par eux prifes, pour que le titre de Comté foit rayé à la Seigneurie d'Ornon, le titre de Baronie à celle de Veirines. Sera auffi ledit Maître Nicolas Charpantier débouté de la demande des lots & ventes de vingt ans en vingt ans, ou des demi lots de dix en dix ans pour la Comté d'Ornon & pour la Baronie de Veirines.

Sera la Directe generale dans l'étenduë defdites Seigneuries, enfemble dans la Prevôté d'Eifines, & petite Prevôté d'entre deux Mers, & dans le reftant de la Banlieuë non compris dans lefdites Seigneuries, declarée appartenir à ladite Ville, fauf au Fermier du Domaine & Procureur de Sa Majefté de juftifier des fiefs & des cenfives qu'ils prétendent luy appartenir, & auffi aux particuliers qui prétendent quelque directe dans l'étenduë dudit Territoire de juftifier de leurs droits: Attant fera ledit Maître Nicolas Charpantier débouté de l'appel qu'il a fait de l'Ordonnance du Sieur de Seve Intendant dans la Province de Guyenne, du 14. Janvier 1673. qui décharge les particuliers poffedans des heritages dans les Seigneuries de la Ville de Bordeaux des affignations qui leur avoient été données à la Requête de Me Fermier du Domaine, tendantes à ce qu'ils euffent à donner leur declaration au Papier Terrier de Sa Majefté des biens qu'ils poffedoient dans lefdites Terres, en confequence ordonner que lad. Ordonnance fortira fon plein & entier effet, & faifant droit de l'appel que les Maire & Jurats ont fait de diverfes Ordonnances furprifes par les Fermiers du Domaine du Sr de Ris Intendant dans la Province de Guyenne, & de fon Subdelegué, par lefquelles plufieurs particuliers poffedans dans la Comté d'Ornon, Baronie de Veirines, Prevôté d'Eifines, petite Prevôté d'entre deux Mers, & dans le reftant de la Banlieuë, ont été condamnez de payer aufdits Fermiers les lots & ventes & autres droits & devoirs feigneuriaux, fans avoir juſtifié de la directe de Sa Majeſté, en émandant leſdites Ordonnances, condamner leſdits Fermiers de rendre & reſtituer tous les lots & ventes, & autres droits & devoirs ſeigneuriaux qu'ils ſe trouveront avoir reçû deſd. particuliers, & notament ceux qu'ils ont reçû du Sieur Albeſſard Acquereur des biens de Geneſte ſituez dans la Comté d'Ornon, & ſeront caſſées les declarations des particuliers que leſdits Fermiers auront contraint de paſſer au Papier Terrier de Sa Majeſté, ſans juſtifier que leurs heritages relevent de ſa mouvance, ſeront en outre leſdits Fermiers condamnez en tous les dépens, dommages & interêts ſoufferts par ladite Ville de Bordeaux, pour n'avoir pû percevoir les lots & ventes, cens & rentes & autres droits & devoirs Seigneuriaux dûs à la Ville par les oppoſitions que leſdits Fermiers ont fait, & par les actions qu'ils ont intenté contre les Vaſſaux & Cenſitaires de ladite Ville.

Seront pareillement declarez appartenir à ladite Ville les Padoüens & Vacans de ladite Ville & Banlieuë d'icelle ; en conſequence la Pâlu appellée de Bordeaux ſera declarée luy appartenir, & le contrat paſſé avec Conrard Gauſſen pour le deſſeichement d'icelle du 18. Decembre 1698. enſemble la Tranſaction du 20. Avril 1600. paſſée avec le Duc d'Eſpernon, confirmez.

Sera declaré Padoüen tant le terrain ſur lequel étoient les anciens murs, tours, fortifications & foſſez de la Ville, que celuy qui eſt joignant les nouveaux murs, enſemble les quais & places qui ſont au devant du Port & Havre de lad. Ville, en conſequence les maiſons & échopes qui ſont bâties ſur leſdits anciens murs, foſſez, rempars & fortifications, & joignant les nouveaux murs ; enſemble toutes celles qui ſont bâties ſur le terrain qui eſt declaré Padoüen par le titre d'Edoüard du 29. Octobre 1262. ſeront declarez mouvans du fief & de la cenſives deſdits Maire & Jurats. Attant ledit Maître Nicolas Charpantier ſera débouté de l'oppoſition qu'il a formée envers l'Arreſt du Conſeil d'Etat du 29. Janvier 1690. qui permet aux Maire & Jurats d'aliener les Places des Fontaines de rüe Bouquiere, & de retenir un droit de cens ſur icelles au profit de la Ville ; & faiſant droit de l'appel interjetté par les Maire & Jurats de l'Ordonnance du 3. Avril 1685. renduë par le Subdelegué dud. Sieur de Ris, qui a condamné les nommez Garat, Guidecheſne & la Veuve Laporte de ſe deſiſter des échopes qu'ils poſſedoient joignant la Tour de Luc Majour hors les murs de la Ville, leſd. Fermiers du Domaine ſeront condamnez de délaiſſer leſd. échopes, de rendre & de reſtituer les loyers qu'ils en ont perçû, avec défenſes de troubler tant leſd. particuliers que leſd. Maire & Jurats dans la poſſeſſion deſd. échopes.

Et ſans avoir égard eux offres faits par Nicolas Charpantier de rembourſer auſd. Maire & Jurats la ſomme de 45000. liv. & les deux ſols pour livre pour les droits qu'ils levent au Marché, & pour les Offices de Meſureurs de Grains créés pour lad. Ville, en le déboutant des Concluſions qu'il a priſes pour raiſon de ce, leſdits Maire & Jurats ſeront maintenus dans la perception de tous leſdits droits contenus dans le Statut de ladite Ville, enſemble dans le droit de marque & demi marque ſur le vin qui y eſt ſujet, conformement audit Statut, & ſeront leſdits Fermiers déboutez de toutes les autres Concluſions qu'ils ont priſes au Procés, & condamnez aux dépens : Et leſdits Maire, Souſ-Maire & Jurats avec tous les Habitans de la Ville de Bordeaux continuëront de prier Dieu pour la proſperité & ſanté de SA MAJESTE'.

www.ingramcontent.com/pod-product-compliance
Lightning Source LLC
Chambersburg PA
CBHW060757180626
46818CB00002B/598